庫

君と漕ぐ 5

ながとろ高校カヌー部の未来

武田綾乃著

新潮社版

11733

登場人物紹介

右図 6

黒《くろ》部《べ》舞《まい》奈《な》

ながとろ高校2年生。
練習を重ねフォアに出場。

右図 4

湧《ゆう》別《べつ》恵《え》梨《り》香《か》

ながとろ高校2年生。
天才カヌー少女。

右図 2

鶴《つる》見《み》希《き》衣《え》

ながとろ高校3年生。
高い目標を持つ努力家。

右図 1

天《てん》神《じん》千《ち》帆《ほ》

ながとろ高校3年生。
希衣の幼なじみ。

右図 5

土《ど》器《き》富《とみ》歌《か》

ながとろ高校1年生。
カヌー部の新入生。

右図 3

利《と》根《ね》蘭《らん》子《こ》

蛇崩学園3年生。
「孤高の女王」の
異名を持つスター。

右図 8

大《おお》森《もり》桜《さくら》

小見山高校3年生。
カヌーのインフルエンサー。

右図 10

大《おお》森《もり》楓《かえで》

小見山高校3年生。
双子の妹、桜とペアを組む。

右図 9

神《かん》田《だ》優《ゆう》紀《き》

墨田大学1年生。
パワフルさが持ち味。

右図 7

堀《ほり》菜《な》々《な》香《か》

墨田大学1年生。
神田とペアを組んでいた。

君と漕ぐ

ながとろ高校カヌー部の未来

5

プロローグ

雨が降っていた。

水上にいると、雨粒が水面を打つ音がよく聞こえる。ポツポツ、ザアザア。そのリズムには緩急があり、心地よい時もあれば不快な時もあった。うねる水面に合わせ、カヌーが大きく揺れる。真っ赤なカヌーが、真っ黒な水面を切り裂くようにして進んでいた。

額に貼《は》りつく前髪を、蘭子《らんこ》は親指を使って拭《ぬぐ》う。雨天時の練習は危険だというが、荒れた環境に慣れるに越したことはない。そもそも、カヌーとは自然の中で行うものだ。

フラットウォーターのカヌースプリントと違い、ワイルドウォーターのスラロームは激流の中で漕《こ》ぎ進む。蘭子も以前、海外遠征中にスラロームの練習をしたことがあったが、スリリングで楽しかった。スプリントのトップ選手の中には、ワイルドウォーター種目に転向する人間もいる。

「蘭子せんぱーい。そろそろ撤収ですー！」

雨音に紛れて、蘭子を呼ぶ声が聞こえて来た。パドルを動かす手を止めて顔を上げると、一つ下の後輩である華恵《はなえ》がこちらに向かって手を振っている。河川敷に立つ彼女は、黄色のレインコートを着ていた。落ちる雨が、その表面で弾《はじ》けている。

「もう撤退？　練習時間なら、あと何分か残ってるやろ」

「それが……コーチが、先輩に話があるみたいで」

「話？」

水量の多くなった川を見つめ、蘭子は肩を竦《すく》めた。まだ夕方だというのに雨雲のせいで日差しはほとんどない。五月ということもあり、暑くはない。ラッシュガードを着ていても少し肌寒いぐらいだ。

「練習終わってからじゃあかんの？」

「なんでも取材の申し込みがあったらしくて」

「取材ぃ？　まーた新聞か？　ネット記事？　それともテレビ？　相変わらず見出しは『孤高の女王』なんちゃらやろねぇ。もっと天才美少女とか書いてくれてもええんやけど」

世界選手権に出場したあたりから、マスコミの取材を受けることも増えて来た。

蘭子の実家は大阪で、両親の出身も共に関西だ。母は京都で、父は滋賀。カヌーの指導を受けるために東京の蛇崩《じゃくずれ》学園に行きたいと言った時、祖父母はとても寂しがった。それでも上京を許してくれた両親には感謝している。海外遠征のお金だって出してくれたし、寮生活も賛成してくれた。

新聞やテレビで蘭子のことが取り上げられると、大阪時代の友人達がSNSで「見たよ」と報告をくれることもある。大会の前にはSNSは応援のメッセージでいっぱいになるし、母や父はスポンサーを集めるために尽力してくれている。

多くの人間に支えられ、恵まれた環境の中を生きている。その自覚があるからこそ、蘭子は人一倍、アスリートとしての自覚が強い。

結果を出すこと。それが、応援してくれている人々への一番の恩返しになるはずだ。

「……ま、知らんけど」

後輩に聞かれることのないよう、付け足しの言葉を独り言《ご》ちる。パドルを器用に操作し、蘭子は浮桟橋《うきさんばし》の近くへ艇をつけた。パドルで艇を軽く押さえ、そのままゆっくりと浮桟橋へと身を移すと、一瞬だけ浮遊感に襲われた。カヌーに何時間も乗っていると、揺れの感覚がしばらく消えない。

「お疲れ様です！」

華恵がすかさずカヌーに近寄る。シングル艇の重さは十二キロ以上あり、長さも五メートルほどある。一人でも持てるが、無理して運んで損傷させてはシャレにならない。その為《ため》、蛇崩学園では人数に余裕がある時には二人で運ぶように指示されている。

「じゃあ、端の方を持ってな」

「はい！」

「せーの」

その言葉を合図に、二人はカヌー艇を水面から持ち上げた。蛇崩学園の練習場の艇庫は、ここから歩いて二〇〇メートルほど離れた場所にある。ゆっくりと話し込むには短すぎ、しかし沈黙するには長すぎる距離だ。

「あの、さっきの取材の話なんですけど」

後ろ側を持った華恵が、口元を拭う気配がした。天気予報では小雨という話だったが、雨の勢いは増していた。先を行く蘭子は、前を向いたまま返事をする。

「あぁ、コーチが呼んでるってやつね」

「それなんですけど、実は蘭子先輩だけを取材したいというわけじゃないらしくて」

「と、いうと？」

「なんでも、二人で取材を受けて欲しいそうです」

「二人？」

思わず足を止め、後ろを歩く後輩を振り返る。目が合った途端、その顔は一瞬にして真っ赤に染まった。瞳《ひとみ》を揺らしながら、華恵はおずおずと言葉を続ける。

「あ、えっと……ながとろ高校の湧別《ゆうべつ》さんと一緒に、とのことなんですが」

「ふーん。なるほどね」

　頬に掛かる髪の毛を梳《す》くと、指先に湿った感触がした。サンダルに付着する土を岩に擦《す》り付け、蘭子は軽く肩を竦める。

「孤高の女王って異名も、そろそろ変わるかもしれへんね」

「え？」

「ほら、行くで。こんなとこで突っ立ってて、びしょびしょになったらかなわんからな」

　歩き出した蘭子の歩幅に合わせ、華恵は慌《あわ》てた様子で足を動かした。二人分の足音が東京の河川敷に響いている。やがてその音も、強くなる雨音に呑《の》み込まれた。

第一章

画面に映る
あの子の現在

side　舞奈

埼玉県大里《おおさと》郡寄居《よりい》町。航空写真マップで自分の家の住所を打ち込むと、最初に目に入るのは彩甲斐《さいかい》街道だ。龍《りゅう》のように大きくうねる道のすぐ隣には荒川が流れており、その周囲は山で囲まれている。

舞奈《まいな》の家の最寄り駅である波久礼《はぐれ》駅は、そんな場所に建っていた。秩父《ちちぶ》鉄道の駅で、電車はラッシュ時には一時間に二、三本、それ以外は一時間に一、二本停まる。観光地である長瀞《ながとろ》駅まで、乗車時間は十二分程だ。

『本日のぶらり旅は埼玉にある自然の宝庫、長瀞からお伝えします』

液晶テレビから、女性アナウンサーの声が聞こえて来る。時刻は十九時。祖父、祖母、父、そして舞奈。黒部《くろべ》家の本日のディナーのお供は、芸人が電車に乗って移動するバラエティー番組だった。

「今日の晩御飯は豚味噌漬《みそづ》けだぞ。秩父の名物なんだ」

そう言いながら、父がフライパンから大皿に豪快に中身を移す。じゅうじゅうという肉の焼ける音と共に、味噌がうっすらと焦《こ》げる匂《にお》いがダイニングに充満する。食欲が刺激され、舞奈の胃は勝手にぐるると鳴った。艶々《つやつや》に光る白米に、祖父が家庭菜園で作った野菜。祖母特製の大根の醤油《しょうゆ》漬けに、小ネギをこんもりと盛った冷奴《ひややっこ》。

「美味《おい》しそうだね」

　舞奈が思わず笑みをこぼすと、「だろう？」と父は得意げに胸を張った。

「舞奈もそろそろ料理くらい出来るようにならないとねぇ」

　座っている祖母が、こちらに目配せする。祖父が溜息《ためいき》を吐《つ》いた。

「今どき、女だからって料理をしなきゃいけないって時代でもないだろ」

「あら。性別は関係ないでしょう。どんな人であれ、出来ないより出来るに越したことはないわ。舞奈はもう高校二年生なんだから」

「確かにな。大学生になったら一人暮らしするかもしれないし……そもそも、舞奈は大学に行くつもりなのか？」

　とりとめのない会話から突然進路の話になり、舞奈は目を丸くした。父親は顎《あご》を擦《こす》りながら、「ここら辺から通える大学は限られるしな」と真面目《まじめ》なことを言っている。

「進路の話はまだ先でいいってばー。それより、早くご飯食べよう。冷めちゃうよ」

　舞奈の言葉に、家族全員が姿勢を正して合掌する。

「いただきます」

「いただきます」

祖父の言葉に合わせ、舞奈たちも同じ挨拶《あいさつ》を口にする。いただきますとごちそうさまはちゃんと言う、というのが黒部家のモットーだ。


　舞奈が黒部舞奈になってから、早くも一年と数か月が経《た》つ。両親の離婚をきっかけに、兄と姉は東京の母親と共に、そして舞奈は埼玉の父の実家で暮らし始めた。心配性の姉は舞奈が新しい土地に馴染《なじ》めるか気にしていたようだが、舞奈の新生活は素晴らしい始まりとなった。それもこれも、新しい友人との出会いのおかげだ。

「それにしても、テレビで見ると長瀞は綺麗《きれい》ねぇ」

　テレビ画面を指さしながら、祖母が目を細める。画面の中でタレントたちがロケをしているのは舞奈の見知った場所だった。長瀞駅のすぐ近くにある岩畳《いわだたみ》と秩父赤壁《せきへき》だ。


「実際に行っても綺麗だよ」

「そりゃ勿論《もちろん》そうだけどね、やっぱりカメラの撮り方が違うのかしら。あ、ほら、皆でボートに乗るって」

「ボートじゃなくてカヌーだよ」

「あら、そうだったわね。いっつもどっちがどっちか分からなくなるの」

「前向きに進むのがカヌーで、後ろ向きに進むのがボート。私がいっつも乗ってるのがカヌーだよ」

「覚えようとは思ってるんだけどねぇ」

頬に手を添え、祖母が深く息を吐く。冷蔵庫には先日、行幸湖《みゆきこ》で行われた『学校総合体育大会兼関東高等学校カヌー選手権大会県予選会兼全国高等学校総合体育大会カヌー競技県予選会』――通称、埼玉県大会の記念写真が貼《は》られているというのに、祖母がカヌーとボートの区別をつけられる日は遠そうだ。

写真に写っているのは、ながとろ高校カヌー部の五人だった。右から順に、土器富歌《どきとみか》、黒部舞奈、湧別恵梨香《ゆうべつえりか》、鶴見希衣《つるみきえ》、天神千帆《てんじんちほ》だ。

ながとろ高校は埼玉県秩父郡長瀞町にある私立高校だ。普通科の他に農学科もあるのが特徴で、最寄り駅は野上《のがみ》駅。学校のすぐ裏には荒川が流れており、そこが練習場となっている。

「舞奈もすっかりカヌー上級者になったな。県大会でも活躍したって聞いたぞ」

父が豚肉を箸《はし》で摑《つか》みながら言う。照れくさくなり、舞奈は頬を緩めた。

「そうだよー。私、シングルの決勝大会で初めて完漕《かんそう》したんだ。それに、ペアは四位で関東大会に行けなかったけど、フォアだと全国出場が決まったし」

「全国は凄《すご》いわねぇ、大会はいつ？」

「八月だよ。今年は九州だって」

「ほぉー、九州はいいな。酒が美味《うま》い。大学生の時にサークルの旅行で行ったのが懐《なつ》かしいよ」

思い出を辿《たど》るように、父親が目を細める。そんな風に言われると、関東大会をすっ飛ばして早くインターハイに出たいような気分になる。ちなみに、山梨県で行われる関東大会の開催は六月の頭。大会までの期間は既に三週間を切っていた。

山梨県に行ったら富士山を見て、九州に行ったら美味しいものを食べて……。めくるめく妄想を舞奈が脳内で繰り広げていると、祖母が肩を叩《たた》いて来た。

「電話がきてるよ」

見ると、棚に置きっぱなしにしてあったスマートフォンがピカピカと光っていた。サイレントモードにしているために音は鳴らないが、着信であることは明らかだった。

「出ないのかい？」

「うん。ご飯中だから」

そうは言われても気になるのか、祖母の視線はチラチラとスマホに向けられた。向こうは何度も電話を掛けているようで、画面はずっと光り続けている。

「……やっぱり出ようかな」

「そうした方がいい」

祖母の言葉に促され、舞奈はスマホを手に取った。画面に表示されていたのは、カヌー部の一年生である土器富歌の名前だった。今年の春に入部した彼女は舞奈と同じように初心者で、SNSをこよなく愛している。カヌーはまだ乗りたてのためよく沈《ちん》している。競技用カヌーはレジャー用カヌーと違って浮力が少なく、傾きやすいのだ。

「もしもし？」

「あ、もしもし。舞奈先輩ですか？」

電話に出た途端、スマートフォンの向こう側からはギャーギャーと騒がしい声がした。最初は事件でもあったのかと思ったが、耳を澄ますと悲鳴というより歓声に近い。

「そうだけど、どうしたの？　富歌ちゃんが電話なんて珍しいね」

「それが、大・大・大ニュースなんですよ！　先輩、今テレビって見てます？」

「うん、見てるよ」

「映ってるんですよ！」

その言葉に、舞奈はテレビ画面へと視線を向けた。長瀞を散策するロケ隊は、岩畳通り商店街で食レポをしているところだった。土鍋《どなべ》に入った鮎飯《あゆめし》はとても美味しそうだ。

長瀞がテレビで紹介されるなんて珍しいことではないというのに、わざわざ電話で報告してくるだなんて富歌も可愛《かわい》いところがある。フフと思わず笑い声をこぼした舞奈に、「何笑ってるんですか」と富歌の鋭い声が飛んだ。

「だって、富歌ちゃんが大騒ぎしてるから。あ、もしかしたら天神堂も映るかな」

天神堂というのは、一つ上の先輩である天神千帆の実家だ。地元で人気の和菓子屋なのだが、最近はかき氷屋としての知名度の方が上がりつつある。

千帆は二つくくりが似合う、とても優しいカヌー部の副部長だ。穏やかな性格でいつも舞奈のことを気遣ってくれる。彼女は小学生の時にカヌーを始め、高校生になってからはカヌー部と農園部を兼部している。

そして、そんな千帆と共にカヌーに取り組んでいるのが部長である鶴見希衣だ。長い髪をポニーテールにし、どんな時でもキビキビと動く。二人は高校一年生の時までペアを組んでいたのだが、去年、一旦《いったん》ペアを解消した。その理由は――

「舞奈先輩、何言ってるんですか。今何チャンネル見てます？」

富歌の容赦のない声に、舞奈は首を傾《かし》げた。

「6チャンネルだよ」

「じゃ、今すぐ4チャンに替えてください」

「えぇ？」

家族には悪いが、リモコンを操作してチャンネルを切り替える。放送されている番組はバラエティー番組だった。何人ものアスリート達がスタジオに集まり、司会の芸人とトークする。現在のトークテーマはオフの日の過ごし方で、前回のオリンピックで銀メダルをとった卓球選手が笑いを掻《か》っ攫《さら》っていた。

だが、驚くべきは、その端に座っている人物だ。

「え、え、恵梨香ぁ？」

咄嗟《とっさ》に叫んだ舞奈に、なんだなんだと祖母や父までテレビの前に集まって来た。電話越しに富歌が「だから映ってるって言ったじゃないですか」と何故《なぜ》か得意げに言ってくる。

湧別恵梨香は舞奈の一番の友達だ。同じ学年で、同じクラス。この家に引っ越してきて最初に出会ったのも恵梨香だし、初めて友達になったのも恵梨香だ。

彼女は舞奈と違って背が高く、一七〇センチ以上ある。カヌーに有利なスラリとした長い手足を持ち、鍛え抜かれた肉体は引き締まっていて美しい。彼女は小学生の頃からカヌーを始めたが、希衣や千帆のように近所のカヌークラブには通っていなかった。一人で趣味としてカヌーを漕《こ》ぎ続けた彼女の才能が世の中に発見されたのは、高校一年生の時。

カヌー部に入り、恵梨香の人生は変わった。

恵梨香と希衣はペアを組み、インターハイでは準優勝という結果を残した。

「なんで恵梨香がテレビに出てるの？」

「しかも隣を見てください」

「え？」

画面をよく見ると、恵梨香の隣に座っているのは蛇崩《じゃくずれ》学園三年の利根《とね》蘭子《らんこ》だった。長い黒髪の一部を編み込み、普段よりもエレガントな装《よそお》いだ。

孤高の女王。彼女のことを、人はそう呼ぶ。

高校生という若さながら、国内の大会を連覇している期待の若手選手だ。東京のカヌーの強豪校、蛇崩学園に在籍している。彼女が孤高と呼ばれているのはその圧倒的な強さ故《ゆえ》だったが、恵梨香の出現でその情勢も少しずつ変わっている。

インターハイ後の文部科学大臣杯では、恵梨香は蘭子とペアを組んで活躍し、大会史上最速タイムを記録した。文部科学大臣杯は中学二年生から高校三年生を対象にしたレースだが、インターハイと違って学校による区分がない。その為《ため》、別々の学校に通う二人がペアを組めたというわけだ。

その後、二人は海外の大会にも参加。去年ヨーロッパで行われたオリンピックホープスにも参加し、今年の四月に行われた日本代表候補合宿で正式に日本代表に選ばれた。

「二人がテレビに出てる……」

「湧別先輩ってば、水臭いですよね！　前もって教えておいてくれたら録画しておいたのに」

「私達に見られたくなかったのかな？」

「ま、そんなの考えたって分かんないですからね！　私も同じ学校のカヌー部だよってSNSで自慢しちゃおー」

「そういうのは止《や》めておいた方がいいって希衣先輩が言ってたよ？」

「んもう、鶴見先輩はケチなんだから」

それから幾らか言葉を交わし、富歌との通話は終わった。テレビ番組はまだ続いており、話題は大会でのルーティーンに関してに移っていた。

『ルーティーンって言うていいか分かりませんけど、大会で良い結果を出したら自分へのご褒美にバニラアイスクリームを食べてもいいことにしてます。丸恋牛乳さん、いつもありがとうございますー』

何の話かと思えば、どうやら蘭子を応援してくれているスポンサーらしい。立ち上がったままテレビを見つめていた舞奈はハッとして、隣に立つ父の方を見る。

「お父さん、家にバニラアイスってある？」

「あるけど、どうした？」

困惑する父に、舞奈はニカッと笑い掛ける。

「なんだか急に食べたくなったの！」


「わっ、本物の湧別恵梨香だ」

「すごー、マジでウチの学校に通ってるんだー」

翌日。学校に行った途端に、テレビの影響力をまざまざと実感させられた。

ながとろ高校にはクラス替えがないため、三年間メンバーが変わらない。そのためクラスメイト達は恵梨香の活躍にも既に慣れっこで、「オリンピック出るんだって？」「昨日テレビ出てたね」などと軽く流す程度の反応だった。

問題なのは他クラスや他学年の人間で、カヌーにさっぱり興味がなさそうな一年生たちが恵梨香を見るためだけに二年一組の教室に訪れたりしていた。といっても直接声を掛ける勇気はないらしく、窓越しに遠目に見ている程度だが。

「はぁー」

頬杖《ほおづえ》を突いていた恵梨香が、大きく溜息を吐く。普段は真っ直《す》ぐに伸びている背中が、今日ばかりは丸まっている。窓を背にしているせいか、差し込む日差しがその輪郭をなぞるように描いている。肩口で切り揃《そろ》えられた黒髪を耳の後ろに追いやり、恵梨香は不愉快そうに結んだままの唇をモゾモゾと動かしていた。

「人気者だねぇ」

素直な舞奈の感想に、恵梨香は再び溜息を吐く。今朝二人で自転車で登校してから、ずっとこの調子だ。

「注目されるの、嫌？」

恵梨香の顔を覗《のぞ》き込むと、彼女は腕を下ろして舞奈へと向き合った。

「嫌ってワケじゃないけど、居心地が悪い」

「ここまで注目されるのは初めてだもんね」

「日本代表に決まった時だってこんなことにはならなかったのに」

「それだけテレビが凄いってことだよ。私も、昨日はビックリしちゃったよ。富歌ちゃんから連絡が来てさぁ！」

興奮して捲《まく》し立てる舞奈から、恵梨香は気まずそうに視線を落とした。年季の入った床板の溝には、変色した埃《ほこり》が詰まっている。

「アレは……蘭子さんと一緒に出てくれないかって話で。最初は取材って聞いてたのに、気付いたらテレビ出演ってことになってて」

「言ってくれたら良かったのに」

「だって……」

「だって？」

口ごもる恵梨香に、舞奈は首を傾げた。その拍子に自身の癖っ毛が視界に入って、思わず指で撫《な》でつける。恵梨香は気まずそうに口を開いた。

「恥ずかしかったから」

「なら仕方ない！」

「でしょう」

恵梨香が照れ屋なのは今に始まったことではない。真面目な顔で頷《うなず》いた舞奈に、恵梨香も真顔で頷き返した。

周囲からは「まーたやってるよ、カヌー部コンビ」なんてどこか呆《あき》れた声も聞こえたが、二人は全く気にしていなかった。何故ならこれが、二人にとっての日常だからだ。

カヌー部の練習は、晴れた日は川で行われる。陸上練習の時はトレーニングルームで筋トレをしたりローイングエルゴメーターを使って練習したりすることが多いが、舞奈は断然水上練習の方が好きだ。カヌーに乗っていると疲れも吹き飛ぶし、何より飽きない。

「はい、一、二、三、四」

荒川の堤防で、五人のカヌー部員は準備体操をしていた。号令を掛けているのは希衣で、彼女を取り囲むようにして残りの四人はストレッチをしている。

Tシャツ、短パン、ビーチサンダル。五月も半ばを過ぎ、練習着はすっかり夏らしいものになった。水上は地上よりも気温が低く感じられる為、普段はこの上からラッシュガードを羽織る。

「いたたたたた」

腕を伸ばして背中を反らしていると、横から富歌の情けない悲鳴が聞こえて来た。

「ちょっと土器さん、声が大きい」

希衣が呆れたように肩を竦《すく》めた。上下ジャージ姿の富歌は、不服そうにまん丸な眼鏡のフレームを軽く持ち上げた。

「だって痛いんですもん。私、昔から身体《からだ》が硬いんです」

「ストレッチの仕方が悪いんだよ。伸ばすべきところを伸ばせてない。ほら、こっち来て」

「いやいや、いいですって――いたたたたた」

　希衣に腕を掴まれ、富歌は奇妙な体勢をとらされている。それを眺めていた千帆が冗談っぽく唇を尖《とが》らせた。

「もう。富歌ちゃんには富歌ちゃんのペースがあるんだから、あんまり無理させないであげて」

「さすが天神先輩、お優しい！」

「そうは言うけどこの子、すぐに手を抜くんだもん。ストレッチをサボると、水上で足が攣《つ》るかもよ」

「脅さないでくださいよー」

「脅しじゃない、真実だよ」

「ヒエッ」

　富歌が大袈裟《おおげさ》に身を震わせる。彼女が身体を動かした途端、金フレームの眼鏡がズレた。

ストレッチを終えた舞奈はその場で軽く上半身を捻《ひね》った。空を見上げると、今日は見事な快晴だった。真っ白な雲の隙間《すきま》から太陽が顔を出している。

五月ということもあり、足元に生える草はどれもが鮮やかな緑色をしていた。自由に伸びるカラスノエンドウは、可愛らしいピンク色の花をつけている。蔓《つる》のようにしなやかな茎には小さな豆の入ったサヤが並んでいた。

その内の一本を抜き取り、舞奈は先端から優しく開いた。中には小さな豆がびっしり入っているため、それを指先で綺麗に取り出す。中身が無くなったことを確認し、今度は付け根を斜めに千切った。口に咥《くわ》えて息を吹き込むと、ピーッと独特な音がする。

「豆笛だ」

隣に並んだ千帆が、同じようにカラスノエンドウのサヤを引き抜く。黒のキャップを被《かぶ》った恵梨香が「何してるの」とこちらに近寄って来た。

「ピーピー笛を作ってたの。恵梨香、吹いたことある？」

「全く」

「こうやったら音が出るんだよ」

もう一度息を吹き込むと、サヤは高らかに音を鳴らした。キョトンとした顔で、恵梨香が軽く首を傾げる。

「それを吹いて、何があるの？」

「何もないけど楽しいよ」

「ふーん」

「恵梨香もやる？」

「……いや、遠慮しとく。ここ、犬の散歩コースだから」

クールにそう言い放ち、恵梨香は艇庫へと進んでいった。千帆と舞奈は顔を見合わせ、その背中を追いかけた。

艇庫にあるライフジャケットは、どれも似たようなデザインをしている。普段はハンガーに掛けて管理しているのだが、偶《たま》に数が合わなくなる時がある。そういう時は大抵、浮桟橋周辺にうっかり放置されていることがほとんどで、しかもその犯人は舞奈であることが多い。脱いだまま置き忘れてしまうのだ。

「今日は何を練習するんでしたっけ？」

「フォアだよ。芦田《あしだ》さんの練習表にそう書いてある」

そう言って、恵梨香がバインダーを軽く小突く。芦田というのは喫茶せせらぎのオーナーであり、ながとろ高校カヌー部のコーチでもある。過去にはオリンピックに出場したこともある元アスリートだ。現在は趣味としてカヌーを楽しんでおり、喫茶せせらぎの売り上げの多くをカヌーに注ぎ込んでいるらしい。

基本的に店の運営があるため、芦田が指導にやって来る時間は限られている。その代わりに彼がカヌー部の為に用意してくれるものが、この練習メニューだ。一人一人のレベルに合わせた内容で、このメニューのおかげで舞奈が埼玉県大会のシングル決勝レースに出場出来たといっても過言ではない。結果は八位だったが、初心者だった舞奈が決勝レースに出場しただけで凄いことだ。

「一年でこれなら、今後はもっと上達するだろうな」と芦田からは優しい言葉を掛けてもらった。

艇庫内には沢山のカヌー艇が管理されている。カヤックだけでなくカナディアン用のものもあり、シングル、ペア、フォア……とその長さは様々だ。カラフルな色合いの艇を見ると、舞奈はいつも鯉《こい》のぼりを連想する。昔、祖父が家の庭で掲げていた。

「今日は皆さん、フォアですか」

艇庫に遅れて入って来た富歌が、棚からハンディカムを取り出す。これは乗艇中の様子を撮影する時に記録係が使用するもので、シングルの時は交代してそれぞれのフォームを撮影する。フォア練習の場合は富歌にお願いすることが多い。

「富歌ちゃんも乗ってみる？　フォア」

千帆の言葉に、富歌は「滅相もない！」と激しく首を横に振った。

「私はシングルでも落ちてばっかりなので」

「私が一年生の時も、今ぐらいの時はいっぱい沈《ちん》してたよ」

だが、最近は落水することはほとんど無くなった。上達の証《あかし》だ。

「黒部さんも、話してないでライフジャケットをちゃんとつけて」

雑談する二人に割り込むように、希衣がこちらへライフジャケットを差し出した。水色のそれを受けとりながら、舞奈は礼を言う。

「そういえば湧別さん、テレビ出てたね」

希衣が口にした話題に、恵梨香が反射的に背筋を正した。癖のない真っ直ぐな黒髪が、彼女の動きに合わせて揺れる。

「あ、はい」

「面白かったよ。言ってくれたら録画したのに」

何気ない希衣の言葉に、恵梨香の頬がじわじわと赤くなる。照れを誤魔化すように、彼女はいつもの黒いキャップの鍔《つば》を引き下げ、目元を隠す。千帆がにこやかに口を開いた。

「私も見たよ。蘭子ちゃんと二人、素敵だったね。おばあちゃん達も喜んでた」

「私は上手く話せなかったんですけど、蘭子さんがこういうのは慣れてるって言ってて」

「あの人も出てましたよね。大森椿《おおもりつばき》！」

富歌の言葉に、希衣は「そうだっけ？」と首を捻った。

「そうですよぉ。私、あの後Twitterをフォローしたんですから」

ポケットに入れていたスマホを操作し、富歌は画面をこちらへと向けて来る。そこに映っていたのは、確かにあの時の番組で蘭子の後ろにいた女性だった。

身長は一六五センチ程だろうか。黒髪をスッキリとしたショートヘアにしており、露《あら》わになっている耳朶《じだ》には二つほど金属製のピアスが嵌《は》まっている。はっきりとした目鼻立ちで、笑うと鼻の付け根に軽く皺《しわ》が寄った。

希衣は無表情のまま頷く。

「とても優しい方でした」

「椿ちゃんは、大森姉妹のお姉さんだね。今は大学二年生で、確か日本代表候補だったかな」

千帆の補足に、舞奈は去年の夏に出会った騒がしい双子のことを思い出した。全く同じ人物を頭に思い描いたのだろう、富歌が今度はYouTubeのとある動画を再生する。

「大森姉妹って、この人たちのことですよね？」

そこに映っていたのは、二人組の女子高生だった。揃いのツインテールに、揃いのワンピース。まるで合わせ鏡のような二人は、千葉県小《お》見山《みやま》高校の大森姉妹だ。

『前髪の分け目が右、イメージカラーがグリーンなのが姉の楓《かえで》』

『前髪の分け目が左、イメージカラーがピンクなのが妹の桜《さくら》』

『そして、今ここにいない二つ上のお姉ちゃんが大森椿。三人揃って大森姉妹！』

スマホから聞こえて来る声は潑溂《はつらつ》としていて、舞奈の記憶と相違ない。

腕を組んだまま、希衣が壁にもたれ掛かる。ハーフパンツから伸びる脚を交差させ、彼女は軽く眉端《びたん》を上げた。

「土器さん、大森姉妹の動画見てんの？」

「見てますよぉ。カヌーインフルエンサーですもん」

大森姉妹はペアを組んでおり、去年のインターハイでは恵梨香・希衣ペアのライバルとして立ちはだかった。似た体格に、似たフォーム。双子ならではのコンビネーションが強みの二人だ。

二人は大森姉妹としてSNSでも精力的に活動しており、恵梨香や蘭子のインタビュー動画を自分たちのYouTubeチャンネルにアップしたこともある。インスタグラムではカヌーよりも二人の普段着姿の写真をアップした方が圧倒的にいいね数が多いようだが、二人はあくまでカヌーの為のSNS活動という姿勢を崩さない。そういうところを、舞奈は素直にカッコいいと思う。スマホを買ってからは舞奈も彼女達のYouTubeチャンネルを登録していた。

「でも最近、投稿頻度がガクッと減っちゃったんですよねぇ」

「そうなの？」

舞奈の問いに、富歌は深刻そうに顔をしかめて見せた。

「そうなんです。大森楓の方は写真をアップしているんですが、大森桜の方が全然……」

「揉《も》めたんじゃないの」

希衣がスパッと断言する。

「よくある事だよ。ペアで揉めることも、姉妹で揉めることも。ま、怪我《けが》って可能性もあるけど」

「気になるなら、関東大会の時にそれとなく様子を窺《うかが》うのがいいかもしれないね。今年も大森姉妹はインターハイの出場が決まってるから、関東大会にも出る予定だよ」

スタンドに掛けられていたパドルを手に取りながら、千帆が言う。しっかりと括《くく》られた彼女の髪型は、少々のことでは崩れない。

「そういえば、関東大会ってなんか頑張って得があるんですか？」

「『そういえば』で話すにはパンチのある質問だね。まぁ、土器さんは新人だから疑問を持つのも仕方がないけど」

眉尻《まゆじり》を跳ね上げ、希衣が富歌の方を見る。挑発かどうかを見極めようとしているようだった。

「純粋な疑問ですって。インターハイに出場するかどうかは埼玉県大会の結果で決まってるんですよね？　じゃ、関東大会で頑張る意味ってあるのかなぁって」

「一番は名誉の為だよね。大会で結果を出すって、一番の目標だし。あとは少しでも場数を増やすって意味もある。レースが少ないと、モチベが下がっちゃうでしょう」

「はぁー、なるほど」

「富歌ちゃんも一回大会に出たら分かるよ！　楽しいから」

「うーん。舞奈先輩って何でも楽しいって言いそうだから信用できないんだよなぁ」

「ガーン！」

「実際、レースに参加すると見方も変わると思う。私と千帆が卒業したら黒部さんと湧別さんがペアになるし、土器さんはシングルに出場するし。カヌーに対する温度も変わるかもね」

　希衣の言葉に、「卒業……」と富歌がハッとしたように呟《つぶや》いた。舞奈は二人の先輩の顔を見上げる。毎日一緒にいることが当たり前だったから、その当たり前が打ち切られる日が来ると思うと寂しい。

　黙って話を聞いていた恵梨香が、キャップをさらに目深にかぶる。

「結果、出しましょう」

　紡《つむ》がれた言葉は力強かった。希衣が口角を上げ、その肩を優しく叩く。

「勿論！」

ながとろ高校の裏門を出てすぐ、荒川に設置された浮桟橋は、カヌー部の為に用意されたものだった。マットのような形状をしていて、水面にぷかぷかと浮かんでいる。一見すると乗ったら沈んでしまいそうだが、意外と安定していて複数人で乗っても問題がない。

「それにしても、フォアのカヌーって本当に大きいですね」

　浮桟橋でビデオカメラを回しながら、富歌が感心したように言う。記録に必要なのは漕いでいるところなので日常風景を撮影する必要は全くないのだが、カメラ係を任せられると富歌はなんでもかんでも撮影したがる。希衣は「容量が無くなる！」とたまに注意しているが、舞奈は録画データを確認するのがいつも楽しみだった。

「この乗り込む順番って、何か意味あるんですかー？」

　富歌がカメラのレンズをこちらに向けたまま尋ねる。四人中最後にコックピットに乗り込んでいた希衣が水上へと顔を向けた。

「基本的に、一番前の人がリズムを作って、後ろ三人がそれを支えるって感じ。前の漕《そう》者《しゃ》は後ろの様子が全く見えないからね。後ろの人が前の人に合わせるしかない」

「ムカデ競走みたいな感じですかね、運動会の」

「ざっくりとしたイメージはね。ムカデ競走でも速いペースで息を揃えて走ることが出来るとタイムがアップすると思うけど、カヌーもそれと同じ。ただ、役割は少し違う」

そう言って、希衣はすぐ前に座る恵梨香を指さす。

「一番前の人間がフォアのエンジン。最も漕力が高い人がここにくる。ウチでは湧別さんだね」

「はい」

　恵梨香が真面目な顔で頷く。

「二番目は合わせるのが上手《うま》い人間。なので私」

「鶴見先輩は人に合わせて漕ぐのが上手いですもんね。実生活はそうでもないのに」

「一言余計」

「てへ」

　カメラを構えたまま、富歌が舌を突き出す。希衣と富歌のこうした会話もすっかりカヌー部の日常の一つになった。千帆は苦笑し、恵梨香は何故か神妙な面持ちで富歌の言葉を聞いている。

「三番目はパワーがある選手、四番目は選手としてバランスの良い人間を配置するよ。特に四番目は艇全体に大きく影響するから、経験者の千帆を配置してる。勿論、黒部さんにも頑張ってもらいたいけど」

「頑張ります！　最近はウェイトも伸びて来ましたし」

「確かに。最初の頃に比べて舞奈ちゃん、背中の筋肉ついて来たよね」

「芦田さんのスペシャル練習メニューのおかげです。身体も柔らかくなって、今年の体力テストだと長座体前屈もA判定だったんです」

「凄いね。おめでとう」

パチパチと拍手する千帆に、舞奈はエヘヘと後頭部を掻いた。舞奈以外の三人は小学生の頃からカヌーをやっている。実力差は明らかだが、大会までにその差を出来るだけ縮めたいと思う。

千帆は以前、フォアで大会に出場することが夢だと話していた。だけど舞奈は、もっともっと夢を欲張りたい。皆で頑張ると決めたなら、結果は輝かしいものがいい。

だって、そうなれば皆が喜ぶだろうから。

パドルを握り締めると、手の平にその表面が食い込んだ。シャフトと呼ばれる棒の先端についた二つのブレードからは、透明な水が滴《したた》っている。吹き抜ける風はどこか熱を帯びており、夏が少しずつ近付いてくる気配が感じられた。

「じゃ、軽くウォーミングアップからしよっか」

希衣の言葉に、「はい」と舞奈は元気よく返事をする。水面に突き刺すようにして、パドルを動かす。エメラルドグリーンの水面が、日差しを浴びて煌《きら》めいている。漕ぐたびに生み出される波紋はカヌー艇を中心として広がり、やがては新しい波紋に掻き消されていった。

第二章

あてのない
未来と約束

side　希衣

喫茶せせらぎ。

今時にしてはレトロな香りが漂う名前のこの店は、長瀞《ながとろ》駅からやや離れた場所に位置している。道路に面しているため長瀞帰りの観光客が立ち寄ることもあるが、客の多くは常連だ。

　中も落ち着いた雰囲気で、店内に入った途端に珈琲《コーヒー》の香りを強く感じる。年季の入った壁紙に、シックな色合いのソファー。各テーブルの上にはメニュースタンドが置かれ、朝から晩までモーニングメニューを提供している。ちなみに、モーニングの一番人気はサバサンド・ゆで卵・ミニサラダのセットだ。サバサンドはトルコの名物らしいが、希《き》衣《え》はこの店に来て初めて食べた。

「芦田《あしだ》さん、私はアイスコーヒーで」

　カウンターチェアに座る女性が、すらりと長いひとさし指を立てる。その爪《つめ》はコーラルピンクのマニキュアでコーティングされ、手首にはお手製らしき赤色のミサンガが巻かれていた。

彼女の名前は天神久美《てんじんひさみ》、千帆《ちほ》の叔母だ。かつては結婚して東京に住んでいたというが、離婚してからは実家に戻っている。そしてその隣に座り、高いカウンターチェアの上で脚をぶらぶらと揺らしているのが久美の娘の海美《うみ》だった。現在は小学一年生だ。

「海美ちゃんは何がいい？」

そう言ってカウンターの向こうから姿を見せたのは、店主である芦田だった。白いシャツの上にいつものエプロンを着けているのだが、その上からでも彼のガタイの良さは明らかだった。「オレンジジュース」と海美ははっきりと答えた。

「久美さん、そのミサンガ可愛《かわい》いですね」

カウンターチェアに近付いて来た舞奈《まいな》が、久美の手首を指さした。「いいでしょう？」と久美はどこかくすぐったい眼差《まなざ》しを海美に注ぐ。

「実はね、海美が友達と一緒に作ってくれたのよ」

「そうなの？」

目線を合わせた舞奈に、海美が「うん」と首を縦に振る。海美は人見知りの激しい子供だったが、一緒にカヌーをするようになってからは希衣達とも話をしてくれるようになった。

口元を緩め、希衣は手元にあったソーサーにコーヒーカップを乗せた。希衣が座っている席の前のローテーブルには、オードブルの盛り合わせが載っている。ローストビーフ、檸檬《れもん》とクリームチーズの生ハム包み、その他にスモークサーモンとカマンベールチーズのカナッペ、スパニッシュオムレツやニンジンと真鯛《まだい》の南蛮漬《なんばんづ》けなどが大皿に小分けにして盛られていた。他のテーブルを見ると焼きそばや肉じゃが、たこ焼きなんてものもある。喫茶せせらぎのオーナーである芦田の料理のレパートリーは幅広く、ここでの打ち上げは希衣の楽しみの一つだった。

今日、この喫茶せせらぎはながとろ高校カヌー部の貸し切りとなっている。

「このカナッペ美味《おい》しいわね。ワインと合うわ」

そうのほほんと言っているのは、カヌー部の顧問である檜原《ひのはら》だった。今年で教師三年目となる彼女は、今日は白いシャツにグレーのスキニーパンツというスッキリとした格好をしている。休日練習の時はジャージに白の日傘というちぐはぐな組み合わせの服装をしていることが多いが、それ以外の時は身なりに気を遣っている。彼女の口から放たれる明け透けな恋愛話を聞くに、最近では恋活《こいかつ》も頑張っているらしい。

檜原は希衣の隣に腰掛けると、「そういえば」と肩に提げていたバッグの中をごそごそと探り始めた。

「あったあった。これ、皆に渡そうと思って」

「なんですか、これ」

眉《まゆ》をひそめた希衣とは対照的に、向かいの席に座っていた千帆が「可愛いー」と無邪気な声を上げる。その隣に座っていた富歌《とみか》は「可愛い……？」と首を捻《ひね》っていた。

檜原が取り出したのはフェルトで出来た小鳥のストラップだった。頭から尾に掛けて黒く、腹部分は白い。

「セキレイですね」

やり取りを聞いていた恵梨香《えりか》が冷静につぶやいた。

「そう！　セキレイは長瀞町の鳥で、ながとろ高校のシンボルでもあるのよ。家庭科の井戸田《いとだ》先生が最近フェルトのぬいぐるみを作るのにハマってるらしくて、教えてもらったの」

間近で見ると、目の位置は左右非対称で、縫い目も少しほつれている。だが、その不格好さも味になっているような気がする。

「お守りにしてくれていいのよ。再来週の関東大会にも連れて行って」

「檜原ちゃんの分はないの？」

「勿論《もちろん》あるわよ」

そう言って、檜原はじゃーんと自分のストラップを見せびらかした。檜原の分だけ、頭のところに花飾りがついている。

「んー、パドルケースにでもつけようかな」

「あ、それいいね。私もそうしよ」

希衣、千帆、恵梨香、舞奈、富歌。五人が揃《そろ》いのストラップをつけているところを想像し、希衣は思わず「ふふふ」と笑った。創部時には二人しかいなかったこのカヌー部も今では規模が大きくなった。

自分のポケットにストラップをしまい、恵梨香がカウンターの方に顔を向ける。

「芦田さん、この前の埼玉県大会の映像見ていい？」

「あぁ。そこのリモコンを使ってくれ」

恵梨香が慣れた手つきでリモコンを操作する。すると、それまで何もなかった壁に巨大なスクリーンが現れた。照明を落としてプロジェクターを起動すると、よく晴れた青空が画面に映し出された。

先日の埼玉県大会の映像記録だ。

『はーい、富歌です。これからＷＫ-１の決勝レースが始まりまぁーす』

ビデオカメラのレンズを自分の顔に向け、富歌がヒラヒラと手を振っている。

「なんで自分のことを撮ったの？」と聞いた希衣に、「ファンサです」と富歌は当然の口調で答えた。

九艇のカヌーがスタートラインに並ぶ。埼玉県大会の会場である行幸湖《みゆきこ》には発艇装置がないため、レースのスタートは審判の目視で行う。一番中央の第五レーンが恵梨香。

希衣は第四レーン、千帆は第三レーン。そして、端の第九レーンが舞奈だった。

「Ready set go!」

その掛け声と共に、皆が一斉にスタートする。レースの結果はWK-1の一位が恵梨香、二位が希衣で、千帆は四位、舞奈は八位だった。

WK-2では恵梨香・希衣ペアが一位、千帆・舞奈ペアが四位。WK-4では恵梨香・希衣・舞奈・千帆のチームが一位だった。

インターハイに出場するのは各種目の一位、そして関東大会に出場するのは上位選手のみだ。今回の場合、WK-1は恵梨香、希衣、千帆、WK-2は恵梨香・希衣、WK-4では恵梨香・希衣・舞奈・千帆の組み合わせが関東大会に参加することとなる。

「それにしても湧別《ゆうべつ》先輩ってば凄《すご》いですねぇ。ぶっちぎりですよ」

感心する富歌の声に、恵梨香は「まだまだだよ」と謙虚に答えた。

「恵梨香の今の目標は世界選手権だもんな」

芦田の言葉に、恵梨香がコクリと頷《うなず》く。今年の四月、蘭子《らんこ》と恵梨香は日本代表として選出された。二人が世界選手権で活躍すると、オリンピックの日本の出場枠が獲得できる。オリンピックの場合、一人の選手がシングル・ペア・フォアといった複数の競技に参加することはできないため、どれか一つに絞る必要があった。現在、蘭子と恵梨香がペアで出場することは確定しているので、国内の女子カヌー選手達はシングル、フォアの代表選手に選ばれることを目標としている。

もし、希衣がオリンピックを目指すなら、フォアの枠を狙《ねら》うのが現実的だろう。まぁ、これはただの夢物語で、本当にもしもの話だが。

「でも、世界選手権だけに注力するつもりはないです。私、今年こそ鶴見《つるみ》先輩とインターハイで優勝したいので」

恵梨香の真っ直《す》ぐな視線が、希衣を射抜く。プロジェクターから照射される光が、彼女の背後を眩《まばゆ》く照らし出していた。

「私も、優勝するつもり」

インターハイ優勝。それは、希衣の悲願だ。かつては千帆との夢であり、そして今では恵梨香との夢となった。

去年のインターハイでは優勝がすぐそこまで迫っていたものの、山梨県富士《ふじ》曙《あけぼの》高校の神田《かんだ》優紀《ゆうき》と堀菜々香《ほりななか》のペアに鼻差で負けた。当時三年生だった二人は、今は墨田《すみだ》大学のカヌー部に所属している。

「はー。なんか、さっきの映像見てたらカヌーに乗りたくなってきちゃったな」

そう言ったのは千帆だった。千帆が自分からこういうことを言い出すのは珍しい。

千帆の言葉に反応したように、海美がカウンターチェアから飛び降りた。千帆に向かって行くのかと思いきや、彼女は何故《なぜ》か恵梨香のハーフパンツの裾《すそ》を引っ張った。

「海美も、今はカヌークラブに入ってるんだよ」

「そ、そうなんだ」

子供相手となると、恵梨香は少し挙動不審となる。グラスを傾けていた久美が「そうなのよ」と補足した。

「海美がどうしてもカヌークラブに入りたいって言ったから探したの。そしたら、大宮にカヌークラブがあってね。小学生向けのコースもあるみたいだから、二週間に一回通ってるのよ」

「海美もカヌー、乗りたい」

「もう六時だ。流石《さすが》に小学一年生の子を乗せるわけにはいかないな」

芦田の言葉に、海美がしょんぼりと肩を落とす。元気づけるように、舞奈が近くの皿にあったタコさんウインナー棒を手渡した。彼女は子供の扱いが上手だ。

その時、喫茶店の玄関扉が開けられる音がした。振り返ると、入って来たのは作業着姿の希衣の父親だった。それだけでウゲッと思わず顔をしかめてしまったのだが、父親はなんと、両手に得体の知れない紙袋を提げていた。

「おお、やってるね。カヌー部の皆さん、こんにちは」

ニカッと笑顔を浮かべる父親に、他の部員達が「こんにちは」と律儀《りちぎ》に挨拶《あいさつ》してくれている。希衣のテンションは下がる一方だ。

「お父さん何で来るの。恥ずかしいから来ないでいいって言ったのに」

「まぁまぁ。今日はええもんを手に入れたから持って来たんや」

「ええもん？」

首を傾《かし》げた希衣に、父親は得意げに口端《くちは》を吊《つ》り上げる。紙袋の中に手を突っ込み、彼は自慢げに言った。

「これは——」


十五分後。喫茶せせらぎの裏口から、カヌー部員達はシングル艇と共に川辺へと移動していた。まだ日は沈んでおらず、辺りはほんのりと明るい。風にそよぐ夏草が柔らかに揺れ、足元に広がる緑の絨毯《じゅうたん》は波打っているように見える。

恵梨香、千帆、舞奈、富歌がシングル艇で川へと乗り出していた。芦田はカヌーをするために喫茶せせらぎを営んでおり、その裏口から繋《つな》がる川辺には乗り込み用の浮桟橋《うきさんばし》を設置していた。

普段ならば真っ先にカヌーに乗り込んでいる希衣だったが、今日はなんとなく岸に残った。それは芦田が現在所持しているシングル艇の数を気にしてかもしれないし、或《ある》いは父親がキャンプ用の簡易椅子《いす》を二つ並べて置いたことが理由かもしれない。

父親は百円ライターを点火すると、手のひらサイズの灯籠に火を点《つ》けた。和紙で囲われた直方体の灯籠の中には蠟燭《ろうそく》が入っており、地面に置くと橙《だいだい》色の光が風の加減で揺らめいている。

「灯籠祭り？」

「そうや。先週の日曜日、職場で子供祭りをやってん。小さいお子さんがいる人らを招いて、ヨーヨーすくいやら菓子のくじ引きやら。その時に使った余りや」

「もらってきたの？」

「喜ぶかと思ってな。綺麗《きれい》やろう。覚えてへんかもしれんが、希衣が子供の頃もよう妹と一緒にいったんやぞ。こうやって、灯籠に火を点けてたんや」

そう言って父親は灯籠の一つを希衣に手渡した。蠟が溶ける匂《にお》いがする。

水飛沫《しぶき》の音に希衣が川の方を見遣《みや》ると、千帆たちがパドルを動かしながら優雅にカヌーを漕《こ》いでいた。練習というよりは、遊びという表現がピッタリな漕ぎ方だ。

その川辺に、海美と久美が一つずつ灯籠を並べている。灯籠の光は川に映り込み、暗い水面に暖色の光の筋を作っている。点々と続く灯籠の光を見ていると、希衣は美術の授業で習ったゴッホの『星降る夜』を連想した。

「海美ちゃん、喜んでるみたいだね」

「綺麗なもんはええな。心が洗われる。……初めて長瀞に来た時も同じように思ったのを思い出すわ。母さんと結婚させてくださいって挨拶に来たんや」

「へぇ？」

　普段はおちゃらけたことを言って誤魔化す父が結婚前のことを語るのは珍しい。父は新しい灯籠に再び火を点ける。そうやって、温かな光はいくつも増えていく。

「希衣は、高校を卒業したらココを出るつもりやろ？」

「うん。東京の大学に行くつもりだけど」

「やったら、綺麗やと思った瞬間をたくさん目に焼き付けておくといい。故郷はいつまでも変わらんと思いきや、意外と色んなもんが変わる」

「大袈裟《おおげさ》だよ。東京なんて、電車で行き来できる距離なのに」

「実家を出るってのはそういうことや。ま、希衣にも分かる時が来るやろ」

「それって、東京に行くのは反対ってこと？」

「違う違う。希衣も大人の一員になるってことや」

柔らかな口調でそう言って、父は静かに息を吐《つ》いた。希衣は手の中にある灯籠の光を見つめる。

　大学に行ってカヌー部に入るという進路希望は、かなり早い段階から親に伝えていた。カヌー部の強豪校である程度の学力の大学となると、東京に出た方が圧倒的に選択肢が増える。

　だが、本当にそれでいいのだろうか。不意に不安になるのは、自分の心が肝心なところでしっかりと定まっていないからかもしれない。灯籠の中で、蠟燭の火が大きく揺らめく。

あたたかな風が吹いていた。

関東大会一週間前の土曜日。この日の練習は、残念ながら恵梨香は欠席だった。トレーニングセンターで蘭子と練習しなければならないらしい。

大会の結果はインターハイには関係しないが、それでもできるだけペアやフォアの練習がしたかった。だが、恵梨香は恵梨香でアスリートとしての練習プランがある。こちらを優先して欲しいと言うのは、きっとワガママなのだろう。

「恵梨香がいないとフォアの練習が出来なくて参っちゃいますね」

「仕方がない。今日はシングルの練習に切り替えよう。なんだかんだ言って、九月には土器《どき》さんも大会に出なきゃいけないんだし」

「エッ、私ですか？」

当たり前のことを言っただけなのに、練習着姿の富歌はわざとらしくその場で飛び跳ねて驚いてみせた。千帆はふふふと笑う。

「富歌ちゃんも上手《うま》くなってきたよね。この前、五〇メートルなら漕げるようになってたし」

「大会は五〇〇メートルだけどね」

「もー、鶴見先輩ってば厳しい！」

富歌が片頬を膨らませる。それをスルーし、希衣は水色のライフジャケットを装着した。まだ準備の終わらない三人を他所《よそ》に、「先に行くからね」と声を掛ける。

シングル艇《てい》を一人で運ぶには少しばかりのコツと、筋肉がいる。神輿《みこし》のように片側の肩で担《かつ》ぐのだ。

浮桟橋までの道程《みちのり》を歩いている間、サンダル越しに小石のようなものを踏んだ。痛みはないが、妙な違和感だけがある。立ち止まってサンダルの裏を確認するも、特に変わった様子はなかった。

そのまま、希衣は浮桟橋に寄せるようにしてカヌーを置いた。カヌーの先端にはスポーツウォッチがついており、自分の心拍数や移動距離などが把握できるようになっている。大会前に絶対に漕ぎすぎるな、と芦田からは耳にタコができるほど言われている。オーバーワークで本番の時に全力を出せないのが希衣のこれまでの悪い習性だった。

「希衣せんぱーい」

カヌーに乗り込み岸から離れようとした時、浮桟橋の向こうから舞奈がひらひらと手を振って来た。黄色のラッシュガードは蛍光色に近く、離れていてもよく見えた。

去年の今頃は転覆ばかりしていたのが嘘《うそ》のように、舞奈は滑《なめ》らかに艇へと乗り込む。

パドルを動かし、舞奈は希衣の方に近寄って来た。

「千帆たちは？」

「後から来るみたいです。ちょうど檜原先生が来て話し込んでて」

「そうなんだ」

パドルを水に差し込み、艇ごと自分の身体《からだ》を引き寄せる。再びパドルを抜き取り、また遠くへ差し込む。その繰り返し。艇はするすると前進し、水面にはいくらか飛沫が散る。

「黒部《くろべ》さん、調子はどう？」

「ぼちぼちです。頑張りたいとは思ってるんですけど」

「焦《あせ》らなくていいよ。大会、めいっぱい楽しもう」

そう告げると、舞奈は何故か驚いたように希衣の顔を凝視した。

「な、なに？」

「いや、希衣先輩がそういうこと言うの珍しいので」

「そうかな？」

「私はそう言ってもらえて嬉《うれ》しいですけどね。へへっ」

照れたように笑い、舞奈がパドルを動かす。彼女の柔らかな癖っ毛がその肩口でふわりと跳ねた。

「あ、そういえば、私のお兄ちゃんが来週の関東大会を見に行くかもって言ってました」

「お兄さん？　お姉さんではなく？」

舞奈の姉である大久保《おおくぼ》愛奈《あいな》とは埼玉県大会で会ったことがある。舞奈の家は両親が離婚しており、姉の方は母についていったらしい。既に社会人で、しっかりと自立した女性という印象がある。

「三つ上の、大学生の兄もいるんです。今は墨田大学でインド哲学を研究してて」

「インド哲学って何？」

「私もよく知らないんですけど、面白いって言ってました。業《カルマ》とか真我《アートマン》とか。大学院に進んで、行《ゆ》く行《ゆ》くは研究職に就きたいらしいです」

「へぇ、よく分かんないけど立派だね。それで、そのお兄ちゃんがなんでまたカヌー大会に？　あ、黒部さんの応援か」

「うーん。お兄ちゃん、アウトドアは嫌いなタイプなので、普段だったら来たがらないと思うんですけどね。なんでだろう」

「大学に入ってカヌーに興味を持ったのかもよ？　墨田大学は強豪だし」

「可能性はありますよね。お兄ちゃんもカヌーを始めてくれたら楽しいだろうな」

はしゃぐように、舞奈はその場で上半身を左右に揺らした。それでも艇は傾かない。

「……黒部さん、カヌー上手くなったよね」

「えっ、漕ぐのはこれからなのに」

「漕ぐ前から分かるってこと。さ、とりあえず五〇〇メートル流して漕ごっか」

「はい！」

希衣がパドルを動かし始めると、舞奈がピタリとその後についてくる。水面に映る二人の姿は、どちらも楽しそうだった。

その後、練習はトラブルなく終わった。芦田から貰《もら》った練習表は今日もその存在感を発揮し、希衣たちの行動の指針となった。

「私、どんどん上達してると思うんですよね。マジで才能があるというかー」

校門までの帰り道、富歌は得意げに丸眼鏡のフレームを持ち上げた。紫色のスニーカーの底は厚く、彼女の身長を三センチほどかさましている。

「確かに、すごく速くなってるよ」

「千帆ってばすぐ甘やかす」

「甘やかしてるんじゃないって。事実だよ、事実」

「ふふーん。天神先輩ってば優しー」

そう甘えるように告げる後輩に、希衣は呆《あき》れて肩を竦《すく》めた。千帆は口元に手を添えて笑っている。

「すみません、遅くなりました」

校舎の方向からやって来た舞奈は、自転車を押していた。電車通学の希衣と千帆、更には徒歩通学の富歌と違い、舞奈と恵梨香は未《いま》だに自転車通学をしている。

「全然待ってないから大丈夫だよ」

「舞奈先輩って、自転車に乗ってるからそんなに脹脛《ふくらはぎ》がムキムキなんですか？」

「えぇ？　ムキムキかなぁ」

舞奈が驚いたように自分の脚を見下ろす。白のクルーソックスから上の部分は日に焼けていて、確かに幾分か逞《たくま》しくなっている。

「舞奈ちゃん、脚に力を入れてみて」

「こうですか？」

フンッ、と舞奈が力むと、途端に脹脛にはこんもりと筋肉の塊が浮き上がった。

「やばー、すごー」

富歌が興奮したように目を輝かせている。

「ちょっとこれ、ＳＮＳにアップしていいですか？」

「いいわけないでしょ。アップしたいなら自分で鍛えなさい」

希衣が窘《たしな》めると、富歌は「ちぇっ」と分かりやすく唇を尖らせた。舞奈がハンドルを意味もなく握り直す。

「恵梨香、明日の練習は来ますかね？」

「休みの連絡は来てないから来るんじゃないかな。フォアの練習して、ペアの練習して……そしたらすぐに関東大会だね」

「はーっ、一週間なんてあっと言う間ですね」

校門までやって来ると、舞奈は自転車に跨《またが》った。右足をペダルに掛け、左足だけでバランスをとっている。

「それじゃ、また明日！」

「途中まで私も一緒に帰ります。先輩方、また明日ー」

舞奈の隣に富歌が並び、希衣達に向かって手を振った。こちらも振り返し、最寄り駅である野上《のがみ》駅へと向かう。

「久しぶりにコンビニ寄る？」

希衣が尋ねると、千帆は「いいね」と目を細めた。そのまま、二つに束ねた毛先に指を滑らせる。

「なんかさ、こうやって一緒に歩いて帰るのっていいよね」

「そう？」

「うん。部活を引退したらこういう機会も減るのかと思うと寂しい」

それは確かに、と希衣も言葉には出さずに同意した。アスファルトで舗装された道路は、白線が擦り切れて消えかかっている。道路端に置かれた看板には夜間工事のお知らせが貼《は》りだされていた。

「引退かぁ。実感湧《わ》かない」

「来年の部長は恵梨香ちゃんかな」

「意外と黒部さんじゃない？」

「舞奈ちゃん、案外リーダーとか向いてそうだもんね」

「あの子は人を転がすのが上手いからな」

　一年後のことを考えた時に、当然のようにカヌー部が存在することを想定できるのは嬉しいことだ。希衣と千帆が二人でカヌー部を立ち上げた時、希衣たちの卒業と同時に廃部になることも覚悟していた。

「まさかフォアでインハイに出場できるとはね」

　千帆がくすりと笑いながら言う。頭の中を読み取られたのかと驚いたが、どうやら偶然同じことを考えていたらしい。錆《さ》びついたガードレールの曲線を視線で辿《たど》りながら、希衣は「本当にね」としみじみと頷いた。

　どれだけ速い選手がいたって、フォアは四人揃わなければレースに参加することすら出来ない。希衣と千帆だけでは決して成し遂げられない夢だ。

「ねぇ、希衣」

「うん？」

「このまま頑張ればさ、もしかしたら蘭子ちゃんに勝てるようになるんじゃない？」

「何、急に」

突拍子もないことを言われ、噴き出すように笑ってしまった。しかし千帆は真面目《まじめ》な顔をしている。

「芦田さんの指導を受けてから、タイムがどんどん伸びてるでしょう。そりゃあ一年二年で抜けるとは言わないよ。でも、良い線までいくんじゃないかと思ってる。希衣は努力家だから」

「それってどんぐらい希望的観測？」

「……八割くらい」

「ほとんどじゃん」

ツッコミのつもりで背中を軽く叩《たた》くと、千帆は「ごめん」と本気か冗談か判別がつかない声で呟《つぶや》いた。

「でも、希衣が選手として成長してるのは間違いないよ。埼玉県大会、亜美《あみ》ちゃんにも勝てたし」

宍戸《ししど》亜美は越井戸《こしいど》高校の三年生だ。小学生の頃からカヌークラブに入っており、希衣や千帆とは長い付き合いだ。

「成長してるとはいえ、流石に湧別さんや利根《とね》蘭子レベルと肩を並べるのはおこがましいって自覚があるな。あの二人、ぶっちぎりだもん」

「じゃあ、大森《おおもり》姉妹は？」

「……ぶっちゃけ、桜《さくら》には勝てると思う」

「楓《かえで》ちゃんは？」

「厳しいな。楓にシングルで勝つにはレベルを上げないと」

大森姉妹は三姉妹で、椿《つばき》、楓、桜の順でタイムが速い。椿は既に大学生だからインターハイでかち合うことはないが、大学生や社会人の選手が参加する代表選手権では恵梨香や蘭子とも競っているはずだ。

「でも、今後は楓だけじゃなくて椿さんにも勝てるようになりたいと思ってる。引退してもカヌーの練習を続けて、大学に入るまでに記録を伸ばしてさ」

「希衣は凄いよ、本当。ずっとカヌー、続けるんだもん」

「千帆はどうするの、進路」

「私は……」

そこで一度、千帆は口を閉じた。後ろめたそうに毛先を引っ張り、千帆は薄い瞼《まぶた》を上下させる。

「私は、女子大の製菓コースに行くよ」

「そうなんだ」

「前までは専門学校に行こうかと思ってたんだけどね。でも、この前のオープンキャンパスで良い学校を見つけたの。天神堂を継ぐかもしれないって思ったら、じっくり製菓について勉強したくて」

落胆はしなかった。むしろ、千帆にはピッタリな進路だと思った。将来、天神堂に立つ千帆を想像すると、それだけで気力が湧き上がるような気がする。

「いいね。素敵だと思う」

思ったことを率直に言うと、千帆は安堵《あんど》したように口元を綻《ほころ》ばせた。

「本当？」

「ホントホント」

「美味しい新商品が出来たら希衣にも食べさせてあげるからね。試食係」

「その時はカヌー部の皆も呼んでよ」

「うん。呼ぶよ」

そう言って、千帆は力強く頷いた。一つに束ねていた黒髪から、希衣はゴムを抜き取る。ばらけた髪を手で束ね直すと、先ほどよりも結び目は強固になった。

「優勝杯、返還」

スピーカーから響き渡る声に、希衣はだらけそうになっていた背筋を正す。『関東高等学校カヌー大会兼関東高等学校カヌー選手権大会』は、無事に晴天の中開催された。会場は精進湖《しょうじこ》カヌー競技場。山梨県富士河口湖町にある、水上スポーツの競技場だ。

　埼玉県からはかなり距離があるため、ながとろ高校カヌー部は檜原や芦田と共に前乗りしていた。ちなみに、宿泊したのは去年とは違う宿だった。

　大会本部の為に設置された白いテントの前に学生達は整列し、黙って前方を見つめている。開会式では学校ごとに揃いの服装をしなければならないというルールがあるため、皆が同じ格好をしている。希衣たちながとろ高校カヌー部の場合、今年は黒のTシャツにハーフパンツというラフな組み合わせだった。

「前年度、優勝校による優勝杯の返還です。男子総合、神奈川県鷹取横須賀《たかとりよこすか》高等学校。女子総合、東京都蛇崩《じゃくずれ》学園高等学校」

　スタッフの案内に従い、強豪校である二校の代表者が前へと進み出た。どちらも部長らしき生徒で、蛇崩学園高校の代表者は蘭子ではなかった。両腕で抱えた優勝杯を二人がスタッフへと手渡す。二つの優勝杯はテーブルの端の、誰にでも見える場所に置かれた。

　カヌーの関東大会では、それぞれの競技に点数が割り振られている。最終結果が一位なら八点、二位なら七点、三位なら六点……という風に点数が与えられ、男子と女子に分かれて総合得点が発表される。人数が多ければ多いほど有利なので、規模が大きい強豪校が優勝することが多い。

この総合優勝を目指している学校もあり、結果発表時には結構盛り上がる。ながとろ高校は去年までシングルとペアしか出場出来なかったが、今年はフォアにも出場するため、活躍が期待できるかもしれない。

「では次に、選手宣誓。宣誓いたしますのは神奈川県鷹取横須賀高等学校、日高《ひだか》君。東京都蛇崩学園高等学校、利根さん。前へお進みください」

アナウンスに従い、二人が颯爽《さっそう》と前に歩み出る。利根蘭子の姿が見えた瞬間、会場は一気にどよめいた。整列する学生もそうだが、周囲で開会式を見守っている大人たちからも興奮したような声が漏れた。

艶《つや》のある長い黒髪。人一倍長い手足。恵まれた体躯《たいく》を惜しげもなく他者からの視線に晒《さら》し、蘭子は口元だけで微笑した。

もう一人の代表者である日高は、蘭子と目が合うなり見る見る内に赤面した。男子校である鷹取横須賀高校の去年までの絶対的エースだった大岡《おおおか》は卒業して大学生になっている。日高はその後継者として代表に選ばれたのだろう。

せーの、と息だけで蘭子が言い、日高は慌てて息を吸った。

「我々、選手一同は」

男女の声がピタリと重なる。そこで一度言葉を区切り、二人は交互に口を開いた。

「カヌーのメッカここ精進湖で」

「日頃の練習の成果を出し切り」

「最後の一《ひと》パドルまで」

「正々堂々と」

「漕ぎ抜くことを誓《ちか》います」

宣誓が終わり、周囲からは拍手が起こった。最後の一パドルまで、と希衣はその言葉を口内で繰り返す。

努力はしてきた。後は、全力でやり切るしかない。

開会式が終わってすぐ、カヌー部員たちは忙《せわ》しなく動き始める。最も大変なのは検艇作業だ。カヌー艇に重りをつけ、規定の重量を超えているかを確認する。検艇はレース後も行われ、たとえ一位でゴールしたとしても重りが落ちるなどのハプニングで重量が守れていない場合は失格となる。

「第一レースのＷＫ‐４の予選一組目は十時から。その後ウチで出場するレースはＷＫ‐１、ＷＫ‐２の予選、準決勝ね」

テントで販売されているプログラムを捲《めく》りながら、檜原は矢継ぎ早に告げる。

「どうでもいいですけど、檜原ちゃんの格好ヤバくないですか？」

はい、と手を挙げた富歌がわざわざ余計なことを言う。今日の檜原の服装は日差しを完全に防御していた。黒のカットソーに、紫色のスカート。そこまではいいとして、首にはタオルをしっかりと巻き、鍔《つば》の広い帽子をかぶり、サングラスまでしている。そこにフリルのついた日傘までさしているものだから、自然と周囲の目を引いた。

「だって焼けたくないんだもの。皆は若いからいいけど、私はシミが気になるお年頃なのよ」

「あと、芦田さんも色々とヤバい」

富歌が指さした先にいるのは、自販機にもたれ掛かる芦田だった。いつも大会になると応援に来てくれる芦田だが、髪の毛をオールバックにするのだけは何とかして欲しい。白いシャツにグレーのスラックス、更に革靴とスクエアのサングラス。全《すべ》てが組み合わさると、普段は温厚なオジサンの芦田が、危ない職業の人にしか見えなくなる。威圧感の根源はオールバックだと希衣は踏んでいるのだが、「こういう時には気合が大事だろ」という芦田に気に留めている様子はなかった。

「芦田さんも檜原先生もいつものことだよ」と舞奈が無邪気に言っている。

「ね、恵梨香」

「あぁ、うん。芦田さん、ああいう格好が好きみたいだから」

キャップの鍔を掴《つか》み、恵梨香は目深《まぶか》に被る。蘭子ほどではないが、恵梨香もまた会場では注目の的だった。

「湧別さん、まだ人には慣れない？」

「慣れないっていうか、少し居心地が悪いだけです。レースには全く影響ありません」

「なら良かった。期待してるから」

希衣は恵梨香の背中を軽く叩く。キャップから覗く恵梨香の両目が、狼狽《うろた》えたように小さく震えた。

「私も、鶴見先輩のこと期待してます」

「言うじゃん」

口角を上げると、そこでようやく引き締まっていた恵梨香の頬が緩んだ。

「あー、なんかソワソワしてきました」

舞奈がその場でぴょんぴょんと飛び跳ねる。富歌は呆《あき》れ顔で「ミスしないでくださいよ」と言い、千帆は「大丈夫だよ」と優しくフォローしている。賑《にぎ》やかに喋《しゃべ》る部員達を見守りたいところだが、希衣は注目を集めるように小さく手を挙げた。

「ごめん。ちょっと先にトイレ行っておいていい？」

断りを入れると、皆が快く送り出してくれた。ダメだと言われてもどうしようもないけれど。

希衣は他校の選手たちを避けるようにして、会場の端っこにあるトイレに向かった。

皆が会場のトイレだけを使用するとパンクするので、選手達には宿泊所のトイレなどを分散して使うようにお達しが出ていた。そのせいだろうか、トイレスペースに人気《ひとけ》はなかった。

そそくさと用を足し、洗面台で手を洗う。鏡には蜘蛛《くも》の巣が張っており、映り込む希衣の顔に白い模様を描いている。蜘蛛が足元に落ちていないのを確認しながら、希衣は小さな建物から外に出る。

不穏な会話が耳に入って来たのは、その時だった。

「だから、そういう態度が気に食わないって言ってるんじゃん」

聞き覚えのあり過ぎる声に、希衣は思わず足を止めた。声は茂みの向こうから聞こえて来た。物音を立てないように気を付けながら、希衣はこっそりと様子を探る。

そこにいたのは、千葉県小見山《おみやま》高校の大森桜と楓だった。ただでさえ一卵性双生児でよく似ているというのに、二人は互いの見た目を似せようと努力している節があるので、遠目からではどちらがどちらか分からなかった。

「気に食わないと言われてもどうしようもないだろう。別に私は、桜に気に入られたくて生きているわけではないんだから」

「何その言い方。ひどくない？」

「桜が私に嫉妬《しっと》するからだろ」

「嫉妬なんてしてないもん。ただ、楓が変わっちゃったから！」

「変わったと思うのは桜の勝手さ。ただ、頼むからレースにまで影響させないでくれよ」

　そう言い捨て、楓（恐らく）は踵《きびす》を返してその場から立ち去った。その後ろ姿を黙って見つめていた桜だったが、苛立《いらだ》ちが爆発したのか「楓のバカバカバカ！」と突如として地団太を踏み始めた。

　桜とは長い付き合いだ。ここで見て見ぬふりをするのもバツが悪い。そう思って茂みから姿を現そうとした希衣だったが、すんでのところで思い止《とど》まった。脳裏を咄嗟《とっさ》に過《よぎ》ったのは、去年のインターハイ会場での神田と堀の言い争いだった。ナントカは犬も食わないとはよく言ったもので、首を突っ込んで非常に損した。

　大森姉妹も今年三年生だ。神田や堀のように進路で衝突することもあるかもしれない。希衣が口を挟むのは余計なお世話というやつだろう。

　ハンカチで手を拭《ふ》き直し、希衣は千帆たちが待つ待機スペースへと向かうことにした。

　ＷＫ－４のレース開始時刻は、すぐそこまで迫っていた。

第三章

トラブルは
いつも突然

side　舞奈

　関東大会の一日目。晴天だったということもあり、全《すべ》てのレースが滞りなく進行した。今回の関東大会に出場しているのは栃木・千葉・群馬・山梨・神奈川・東京・茨城・埼玉の八県、合計二十七校だ。

　ＷＫ－４の予選一組目のレースが始まったのが午前十時。そして、本日の最終レースとなるＫ－２の準決勝二組目のレースが終わったのは十七時を少し過ぎた頃だった。

　大会一日目を終えた精進湖《しょうじこ》の様子を、舞奈《まいな》は一人立ったまま眺める。山に取り囲まれた湖は、まさしく水の塊といった感じだ。空にうっすらと茜《あかね》色が混じり始め、水面では緋《ひ》色の光の断片がチカチカと跳ねている。手前にある低い山々の奥にそびえたつのは日本で一番高い山、富士山だ。そのてっぺんから中腹に掛けて、薄い雲の羽衣をふんわりと羽織っている。

　日中は駐車場に並んでいた車の三分の二ほどは姿を消し、学生たちも明日の決勝レースに備えて帰り支度を始めていた。地元の学校の選手を除き、ほとんどの選手が会場の近くにある宿泊施設に泊まっている。勿論《もちろん》、遠方から応援に来た保護者達も山梨県内にホテルをとっていた。

「舞奈ちゃん、お疲れ様」

支度を済ませた千帆《ちほ》がこちらへと歩み寄って来る。宿泊施設への移動の前に、希衣《きえ》・恵梨香《えりか》・富歌《とみか》はお手洗いに行っていた。湿った髪をタオルで拭《ぬぐ》いながら、千帆は少し疲労の残る笑みを浮かべる。

「今日のレースは凄《すご》かったね。舞奈ちゃんも頑張ってたよ」

「えへへ。落っこちちゃわないかと思ってヒヤヒヤでした」

千帆と舞奈のすぐ近くにあるのは、各レースの結果を貼《は》りだした立て看板だった。大会ではレースが終わるごとに、タイムと順位の書かれた紙が貼りだされるのだ。

ながとろ高校カヌー部は予選・準決勝と、共に好調な滑り出しを見せていた。出場した全競技で全員が決勝進出を果たしたのだ。舞奈が今日参加したレースはＷＫ－４だけだが、他の競技にも参加している恵梨香・希衣・千帆にはハードな一日となったようだ。

「二人共、お疲れ様」

檜原《ひのはら》と芦田《あしだ》がひらひらと手を振った。芦田はスクエア形のサングラスを外すと、胸ポケットに引っ掛けるようにしてしまった。

「黒部《くろべ》さんは後半も落ち着いて漕《こ》げてたね。埼玉県大会の時に比べても上達したよ」

「ありがとうございます」

「明日もこの調子で頑張るといい。天神《てんじん》さんも、上手《うま》く黒部さんをフォローしてやってくれ」

「勿論です」

笑顔のまま、千帆が頷《うなず》く。その顔が、不意に舞奈の方へ向けられた。

「そういえば舞奈ちゃんのお兄さん、応援に来てないね。来るかもって希衣が言ってたんだけど」

「来たがってたんですけど、バイト先の人が熱を出したみたいで。代われる人がお兄ちゃん以外にいなかったらしくて諦《あきら》めるって言ってました。『インターハイには行くからな！』ってＬＩＮＥが来て」

「黒部さんのお兄さん、カヌーに興味があるのかい？」

「最近気になってるみたいです」

「カヌー好きが一人でも増えることは良いことだな。もし乗りたい時はウチの店に来るといい。特別に貸し出ししてやるよ」

「本当ですか？　伝えておきます」

　とはいうものの、両親が離婚してから埼玉の祖父母の家に顔を見せに来たのは姉だけで、兄の方は来ていない。遠くに行くのが面倒だからと身も蓋《ふた》もないことを言っていたというのに、インターハイに応援に行くだなんてどういう心変わりなのだろうか。舞奈がカヌーをやり始めたことがきっかけだと言われたなら嬉《うれ》しいが、どうにもしっくりこない。

　振り返ると、微妙に距離感のある三人きょうだいだった。仲が悪いというわけではない。ただ、年齢差があったせいで子供同士の対等な関係というより先輩後輩に近かった。舞奈が離れ離れになると決まった時も、悲愴《ひそう》感は全くなかった。「そういう人生もあるよね～」と互いに尊重する感じ。

　チャキチャキした性格の姉と違い、兄はマイペースな性格だった。基本的には穏やかなのだが根は頑固で、自分が納得しないと行動に移さない。その為《ため》、舞奈がカヌーを始めようが兄の行動に変化があるとは思えなかった。

　最後に会った兄は、美容院に行くのが面倒だという理由で髪の毛がやや伸びていた。長い前髪が目元を隠し、やや重たい印象を与える。身長は一六八センチで、かなりの痩《や》せ型。留年するかもとポロリと愚痴《ぐち》って母親を怯《おび》えさせていたが、今のところ順調に単位は取れているらしい。

「お兄さんが来てくれるなら、インターハイでも頑張らないとな」

　芦田に笑い掛けられ、舞奈は「はい」と大きく頷く。兄が芦田と仲良く話しているところはイマイチ想像出来なかった。

今回の宿泊所は、精進湖カヌー競技場から車で二十分ほどの場所にあった。宿泊可能人数は百五十人ほどらしく、修学旅行や林間学習、大学生たちの旅行などで重宝されているらしい。

「越井戸《こしいど》高校、蛇崩《じゃくずれ》学園、小見山《おみやま》高校、富士《ふじ》曙《あけぼの》高校もここの合宿所を使ってるんだって」

五人用の和室に荷物を置いて早々、希衣は腕時計を見ながら言った。舞奈はキャラクターのイラストが描かれたキャリーバッグから荷物を取り出す。トランプに、ＵＮＯに、ワンナイト人狼《じんろう》！　お泊りでは定番のラインナップだが、昨日はほとんど遊ぶ暇がなかった。もしかすると、今日も出番はないかもしれない。

「はいはい！　先輩達って他校にも友達がいるんですか？」

富歌の問いに、希衣は肩を竦《すく》めた。

「友達っていうか、知り合い？　小学生からカヌーをやってると顔も広くなるんだよね」

「そうは言っても私より希衣の方が断然友達は多いよ、社交的だから」

「別に、社交的ってつもりじゃないけど。勝手に絡《から》まれるんだよ」

「話しかけやすいってことじゃないかな」

口元に手を添え、千帆が上品に笑う。納得しているのか、恵梨香が無言でうなずいている。

富歌は眉端《びたん》を上げた。

「えー？　鶴見《つるみ》先輩が社交的？　第一印象はコワッでしたけどね」

「希衣先輩はいつもすっごく優しいよ！」

「そりゃ舞奈先輩相手にはみんな優しいと思いますけど」

靴下の先端を引っ張るようにして脱ぎ、富歌は唇を尖《とが》らせる。着替えの皺《しわ》を伸ばしていた希衣が「土器《どき》さんにも優しいけど」と澄ました顔で言った。

「四人共、そろそろご飯の時間だよ。食堂に行かないと」

千帆が壁に掛かった時計を指す。すっかりくつろぐ態勢になっていた舞奈は慌《あわ》てて立ち上がった。

宿泊所にある食堂は広く、一度に五十人は入るらしい。舞奈たちが指定されたのは右端の席で、四人掛けのテーブルをくっつけて八人掛けにしていた。檜原や芦田も同席することになり、テーブルは賑《にぎ》やかだ。

食堂の注文方法はカフェテリア形式で、主食・主菜・副菜・汁物・デザートを選べるようになっていた。希衣や恵梨香がスパッと決断する一方、こういう時に舞奈は時間を掛けて悩んでしまう。

肉じゃがコロッケは食欲をそそられるし、豚肉の生姜《しょうが》焼きも美味《おい》しそう。白身魚のフライも捨てがたいが、鶏《とり》肉のから揚げも気になる。恵梨香はサバの味噌煮《みそに》にしていた。トレイを持ったまま、舞奈は注文場所付近で固まっていた。そうこうしている内に、富歌と千帆も今日の献立を決めていた。

「悩みすぎでしょ」

不意に声を掛けられ、舞奈は咄嗟《とっさ》に声の方向に振り返った。そこに立っていたのは、蛇崩学園二年生の奥山華恵《おくやまはなえ》だった。舞奈とは同じ学年で、同じカヌー初心者だ。

「だって悩んじゃうんだもん。華恵はもう決めたの？」

「まだメニューも見てない。突っ立ってる舞奈が見えたから声掛けただけ」

「蛇崩学園はもうみんなご飯済ませたの？」

「これからだよ。ちょうど蘭子《らんこ》先輩も来たところだし。……あ、ほら。恵梨香ちゃんのところに遊びに行ってる」

「え？」

観葉植物の陰から顔を出し、舞奈はテーブルの様子を確認する。華恵の言葉通り、立ったままの蘭子が席に着いている恵梨香の肩に腕を置いて話している。その内容はここまでは届かないが、二人はとても親しげだった。

「同じ二年生なのに蘭子先輩と仲良しなんて羨《うらや》ましいよ。はぁ、舞奈もいいよね」

「何が？」

「フォアでインハイに出場できるの、恵梨香ちゃんのおかげでしょ？　ウチの学校みたいに人数の多い部活だったら速い順で組むから、舞奈が恵梨香ちゃんと一緒にフォアになることなんてありえないよ」

「うーん。恵梨香だけのおかげってことはないと思うけど」

「じゃ、経験者の鶴見さんと天神さんのおかげでもある。舞奈のポジションって実力のタダ乗りじゃん」

　チクリ。軽やかな口調だが、その声には明らかに小さな棘《とげ》が混じっている。舞奈は華恵の顔を真っ直《す》ぐに見た。一年生の時に、同じ初心者として仲良くなった二人だった。二人のカヌー漕者《そうしゃ》としての実力はそう変わらない。だけど、舞奈はインターハイに出場が決まっている。

「華恵は私を傷付けたいわけじゃないよね？」

　冷静にそう尋ねると、華恵はギクリとした様子で瞳《ひとみ》を揺らした。落ち着きなく黒髪を指で撫《な》でつけ、ばつが悪そうに首を前へと突き出す。

「ごめん、八つ当たりした。舞奈が羨ましかっただけ」

「私が先輩達のおかげで出場出来てるのは本当だけどね。でも、来年はシングルでも結果を出したいと思ってるよ。私だって先輩達みたいに速くなりたいもん」

「……そうだよね。私も、自分自身が良い選手になりたい」

「じゃ、その時は私と華恵がライバルだ」

ニカッと口角を上げると、華恵は安堵《あんど》した様子で頬を緩めた。

「うん。負けないからね」

「その為には身体《からだ》を大きくしないと！　いっぱい食べるぞー」

「私も、カレー大盛りにしようかな」

空のトレイを両手に抱えたまま、舞奈と華恵は食事が並べられているコーナーへと歩みを進める。キッチンからは、スパイスの利《き》いたカレーの匂《にお》いが漂っていた。

風呂《ふろ》、ミーティング、ストレッチと予定をこなしている内に、あっと言う間に就寝の時刻となった。用意された布団《ふとん》はふかふかで、横になると身体全体が沈み込む感覚がある。パリパリの枕《まくら》カバーからは洗剤と思《おぼ》しき仄《ほの》かに甘い香りがした。

「電気消すよー。みんなおやすみ」

そんな希衣の一声と共に、室内が消灯した。突然暗くなり、部屋中が闇《やみ》に包まれる。明るいことが当たり前になっていたから、目がなかなか闇に慣れない。

瞼《まぶた》を閉じると、幾何学的なネオンカラーが網膜の奥でチカチカと点滅した。それでも舞奈は目を強く瞑《つむ》る。明日は決勝レースだ。しっかりと休まなければ、身体に支障が出る。

……そう頭では理解しているが、気が昂《たかぶ》っているのかなかなか寝付けない。そうこうしている内に隣から富歌の寝息が聞こえ始め、ますます焦《あせ》る。

こうなったら仕方ない。羊が一匹、羊が二匹……。声には出さずに呪文《じゅもん》を呟《つぶや》き、頭の中では原っぱを駆ける羊の姿を思い浮かべた。メェメェと鳴く羊が一匹ずつ柵《さく》を飛び越える。羊が一〇二匹、羊が一〇三匹……。原っぱが羊の姿で埋め尽くされていくのに比例して、舞奈は微睡《まどろ》み始める。

羊が二六七匹……羊が二七七……匹……。数えることが億劫《おっくう》になり、眠気がピークに達しようとしたその時だった。ガササッ、と隣から聞こえた音に、舞奈の瞼は反射的に開いた。途端、夢の中に溢《あふ》れていた羊達は一気に霧散した。また羊は〇匹だ。

「ごめん。起こしちゃった？」

投げかけられたヒソヒソ声に、舞奈は身を起こす。ジャージ姿の千帆が申し訳なさそうにこちらを見ていた。普段は二つくくりをしている千帆だが、今は髪を下ろしたままだ。肩口に当たって跳ねる黒髪を、舞奈はなんとなく視線で追った。

「大丈夫です。あんまり寝付けなくて」

「私もそうなの。ねぇ、少しだけ外を散歩しない？」

「今ですか？　もう一時半ですけど」

「だからだよ。ずっと布団にいても寝られそうにないから」

千帆に誘われ、舞奈も布団を抜け出した。夜の散歩は好きだ。なんとなく、秘密の匂いがする。

ジャージ姿のまま寝室を後にした二人は、足音を殺して宿泊施設の廊下を進んだ。そのままサンダルに履き替え、駐車場へと出る。

辺りに人はおらず、自動販売機に群がる羽虫だけが生の気配を漂わせている。妙なものをウッカリ踏みつけないように、舞奈は目を凝らして歩いた。

「月の光だけで結構明るいね」

先を歩く千帆の言葉通り、周囲に外灯がほとんどないせいで月光だけが頼りだった。空が仄かに白み、富士山の輪郭がぼんやりと見えている。その巨大さに、舞奈は圧倒された。夜に見る富士山はどこかよそよそしい存在に感じられた。

「明日も晴れそうですね。……あ、もう今日か」

「なんだかあっと言う間だったよね。大会の日がくるの」

千帆は足を止め、駐車場の隅に設置されていた木製のベンチへと腰掛けた。「どうぞ」と千帆が隣を軽く叩《たた》く。舞奈はわざとくっつくようにしてその隣に座った。そうして欲しいように見えたから。

「舞奈ちゃんは甘えたがりだね」

「えへへ、そうですかね」

「舞奈ちゃんがウチのカヌー部に入ってくれて本当に良かったと思ってるよ。いなかったら多分、部の空気が全然違うと思うし」

「それはみんなそうですよ。千帆先輩がいなくても、希衣先輩がいなくても。恵梨香や富歌ちゃんがいなくても、寂しいです」

「そうだね。きっと寂しい」

千帆は膝《ひざ》の上で手を組むと、夜空を見上げた。舞奈も釣《つ》られて顔を上げる。小さな白い光の粒が空に散らばり、チカチカと瞬《またた》きを繰り返している。

そういえば昔、空になった牛乳パックの底に兄がキリで小さな穴を開けてくれたことがあった。蛍光灯に底を向けて中を覗《のぞ》き込むと、星空のように見えるのだ。お手製の望遠鏡だった。

幼稚園児だった舞奈はそれを宝箱にしまい込んでいたのだが、小学生になってふと気付いた時には望遠鏡はなくなっていた。舞奈自身が何気なく捨てたのかもしれないし、或《ある》いは誰かがゴミと勘違いしたのかもしれない。

「さっきのご飯を選んでる時間ね、舞奈ちゃんがいない時に蘭子ちゃんが来たの」

知ってますよ、とは言い辛《づら》い雰囲気で、舞奈は黙って頷いた。室内着代わりに着ているジャージの裾《すそ》は半端《はんぱ》に捲《まく》ったせいで、右と左が不揃《ふぞろ》いだった。

「それでね、日本代表選考会の話になったの。今回の選考でシングルやフォアの代表候補を選ぶんだよ。実際に日本代表が確定するのは来年なんだけど、代表候補に入れば蘭子ちゃんや恵梨香ちゃんと一緒に代表合宿にも参加できる。高校生も大学生も社会人も、皆オリンピックを目指す代表選考会に参加する。勿論、希衣もね」

「確か、インターハイ後にあるんですよね」

「うん。その話を当たり前にしてる希衣を見てね、急に現実を実感したの」

「現実？」

「そう。私が高校生のうちにカヌー大会に出るのは残り二回。この関東大会とインターハイだけ」

「文部科学大臣杯には出ないんですか？」

「出ないよ。インターハイが終わったらそのまま引退するつもり。希衣はどうするか分かんないけど、少なくとも私は卒業したらカヌー部には入らないから。大会に出る必要性がない」

　必要性。その言葉はとても冷静な響きをしていた。なんとなく、舞奈はベンチに指を滑らせる。ささくれ立っている表面を撫でると、指先にざらざらした感触が纏《まと》わりついた。

「寂しいなぁ」

星空を見上げたまま、千帆は言った。髪を束ねていない千帆の横顔は、普段よりもどこか大人びて見える。

「引退するのが、ですか？」

「それもだし、全部が。その時その時でベストな判断をしているはずなのに、ダメだね。なんでかな、毎日が名残り惜しいんだ。小学生の時から希衣と一緒にいることが当たり前だったから、離れ離れになるのが怖いのかもしれない。カヌーを趣味にすることも、女子大の製菓コースに行くことも、全部自分で決めたことなのにね」

「自分で決めたって、お別れは寂しくなりますよ」

埼玉に引っ越すと決めた時、東京の友達と離れ離れになることが寂しかった。けれど皆に会えなくなるのは舞奈だけでなく、他の生徒も同じだった。

水泳部の仲良しグループも私立だったり公立だったりと、進学して皆が散り散りになった。舞奈の場合は埼玉と東京で物理的な距離はあるが、それでも今も仲良しだ。

「カウントダウンが始まってるって実感するの。一つのレースが終わるごとに、私の高校生活が一つずつ終わっていく気がする」

「けど、寂しいって思えることは良いことじゃないですか？」

「え？」

「だって、部活が楽しかったってことの証《あかし》だと思うんです。これで、早く終わりたい！　解放されたい！　って気持ちになってるんだとしたら、部活が嫌だったのかなぁって思うけど。そうじゃないなら、千帆先輩にとってカヌー部が離れたくなくなるぐらい楽しい空間だったのかなって」

千帆は脚を組むと、その上に両手を乗せた。耳を澄ますと、木々の隙間《すきま》を吹き抜ける風の音がする。密集する葉が揺れ、カサカサと静かに音を立てる。森全体が内緒話をしているみたいだ。

「確かに、楽しかった。良い思い出が出来たな」

彼女はそっと目を伏せる。その唇が柔らかに弧を描いたのを見て、舞奈は何故《なぜ》だか急に不安になった。

「千帆先輩、まだ満足しちゃダメですからね」

「え？」

驚いた顔で千帆はこちらを見た。そのまん丸な目に自分が映り込んでいることを確認し、舞奈はニコリと笑う。

「大会は明日も、それにインハイだって残ってるんですから。全部のレースをいーっぱい楽しみましょう！」

両足をバタバタと揺らしながらそう告げる。思ったことを素直に口にしただけなのに、千帆は眼差《まなざ》しを和らげた。

「舞奈ちゃんって、やっぱり凄いね」

「何がですか？」

「ううん、何でもない。喋《しゃべ》ったおかげかな、ぐっすり眠れそう」

ベンチから立ち上がり、千帆が大きく伸びをした。月光が彼女の身体の輪郭を淡く縁取っている。舞奈はぴょんと飛び跳ねるようにして立ち上がると、真っ直ぐに宿泊施設の方向を指さした。

「明日に備えて帰りましょう」

「うん」

二人分の足音が、夜の駐車場に響く。その音は軽やかだった。


翌朝。ＷＫ‐１の決勝レースは朝九時から開始予定だった。その為、出場する選手達は朝早くから起きて乗艇を開始している。舞奈たちも朝の五時三十分には目覚め、軽くウォーミングアップを行った。

その後、朝食を食べ、各校が広場に集まりミーティングを行う。化粧をバッチリと施した檜原と、オールバックにしている芦田の二人が並ぶと、格好からして気合が入っていることが伝わって来た。

舞奈達の格好は、上から下まで全てがお揃いだ。出場選手は学校ごとに揃いのユニフォームを着用することという規定があるため、四人は水色のキャップ、ハイビスカス柄のラッシュガード、白のＴシャツ、黒のハーフパンツで統一している。せっかくだからということで、撮影係の富歌も同じ格好をしていた。ちなみに、ハイビスカス柄のラッシュガードは皆でわざわざ池袋のスポーツショップに買いに行った。

湖を一瞥《いちべつ》し、芦田が険しい表情で言う。

「さっきまでは晴れていたが、今は曇りだ。予報によると降水確率は六〇パーセント。風も強いし、かなりの影響が出るだろう。沈《ちん》する艇も出て来ることが予想されるから、巻き込まれないよう注意してくれ」

「はい！」

「みんなで力を合わせて頑張ってね。先生たちも応援してるから」

そう言って、檜原は部員全員の顔を見回した――いや、厳密に言うと全員ではない。

「芦田さん、まだ湧別さんはダメそうですか」

そう問う希衣は朝から浮かない顔をしていた。その原因は明白だ。

芦田が自身のこめかみに手を押し付ける。

「みたいだな。悪いが、最初のＷＫ‐１のレースは鶴見さんと天神さんで乗り切ってくれ」

　事の発端は今朝のこと。

　夕食と同じ様にカフェテリア形式で用意された朝食を摂《と》った部員達は、各自練習着に着替え、ストレッチを行っていた。

　その後、フォアの練習にいざ進もうとしたその時、四人は恵梨香の姿がその場にないことに気が付いた。

「湧別さんは？」という希衣の問いに、千帆と舞奈は顔を見合わせる。そういえば食事の後から恵梨香の姿を見掛けていない。

「蘭子ちゃんと会ってるんじゃない？」

　そう推理したのは千帆だった。

「ほら、前の大会の時にも二人で会ってることがあったでしょう」

「確かに。じゃあ、もう少し待ってようか。湧別さんが来ないとペアもフォアも練習出来ないし」

　そういうわけで、恵梨香を除いた四人はその場で待機していた。希衣はイヤホンで音楽を聴き、千帆は念入りにストレッチを行っている。舞奈はというと、富歌と共に大森《おおもり》姉妹のSNSをチェックしていた。普段だったら大会時でも更新されているインスタグラムは、ここのところ沈黙が続いている。

　日付を遡《さかのぼ》るとたまに写真がアップされていることが分かるが、そのほとんどが楓《かえで》の食事やスイーツの写真ばかりで、人が写っているものはあまりない。前までは毎日更新され、しかも自撮りや人の写真が中心だったのだが、そちらを担当している桜《さくら》が忙しくなったのかもしれない。

「大森姉妹、YouTubeの動画も全然アップしなくなっちゃいましたよね。ＳＮＳに飽きちゃったのかな」

　富歌が残念そうに顔をしかめる。舞奈は自身の前髪を軽く摘《つま》んだ。

「勉強で忙しいんじゃないかなぁ。桜先輩も楓先輩も来年、大学受験だし」

「スマホは勉強の大敵ですもんね。あー、いいね！がこわい。あとはフォロワーがこわい」

「そのノリ、もしかしてまんじゅうこわい？」

「よく分かりましたね！　この前、授業で落語を見せられたんですよ」

「私も去年見たよ。懐《なつ》かしいなぁ」

　そんな会話をとりとめなくしていたため、最初のうちは恵梨香が戻って来なくても誰も気にしていなかった。

　だがしかし、十分経《た》っても二十分経っても、状況に変化はない。これは何かおかしいぞ、と皆が思い始めた時、希衣のスマートフォンがぶるりと震えた。恵梨香からのＬＩＮＥだった。

内容はとても端的だった。

『すみません。お腹《なか》の調子が悪いのでずっとトイレにいます。先に準備を始めておいてください』

その文面を見た瞬間の希衣の表情は、『無《む》』だった。人は感情がパンクするとこんな顔になるんだなぁ、と舞奈は他人事《ひとごと》のように考えた。富歌は「ひゃー」と怯えているんだか茶化しているんだかよく分からない声を上げていた。

「ねぇ、今朝の湧別さんのメニューって何だった？　貝類食べてたっけ。牡蠣《かき》とか」

淡々とした口調が逆に怖い。希衣の問い掛けに、千帆が首を捻《ひね》る。

「うーん、何だったかなぁ。牡蠣なんてそもそもメニューになかった気がするけど。アサリの酒蒸しやホタテの味噌焼きはあったけど、選んでなかったんじゃないかな」

「あ、サバの味噌煮を食べてましたよ。昨日の夜にサバの味噌煮を食べて、美味しいって気に入ってました！」

「確かにー。写真にも写ってますもん」

ほら、と富歌がスマホ画面をこちらに向ける。勝手に撮影したのであろう写真には、恵梨香と希衣が喋っている様子が写っていた。恵梨香のトレイには、確かにサバの味噌煮が載っている。

「土器さんの写真もたまには役に立つね」

「たまにじゃないですよぉ。もう」

感心した様子で頷いた希衣に、富歌が唇を尖らせる。千帆が眉間《みけん》に皺を寄せた。

「もしかしてヒスタミン食中毒かも」

「ヒスタミン？　何それ」

「えーっと、なになに？『ヒスタミン食中毒は、ヒスタミンが高濃度に蓄積された食品、特に魚類及びその加工品を食べることにより発症する、アレルギー様の食中毒です。ヒスタミンは熱に安定であり、また調理加工工程で除去できないため、一度生成されると食中毒を防ぐことはできません』って厚生労働省のホームページに書いてありますよ！」

富歌がスマホのページを読み上げた。マグロやカツオ、サバなどの赤身魚で発症することが多いらしい。

「加熱しても対策にならないから飲食店関係だと有名なの。給食での大量発生がたまにニュースになってるよ。恵梨香ちゃんに蕁麻《じんま》疹《しん》が出てないか聞いてみて」

千帆の言葉に、希衣が素早く『蕁麻疹は出てる？』とＬＩＮＥを送る。返信は早かった。

『大して出てないですが、腕に痒《かゆ》みはあります』

「やっぱりそうだよ。ヒスタミン食中毒は基本的に重症にはならなくて数時間で自然に治ることが多いんだけど。ただ、数時間っていったら……」

「レースはもう、終わっていますね」

四人の間に、沈黙が落ちる。決勝レースのＷＫ‐４、ＷＫ‐２、ＷＫ‐１の全てに恵梨香は出場予定だった。もしも棄権するとなると、ながとろ高校カヌー部全体のダメージは計り知れない。

「仕方がない。檜原ちゃんと芦田さんに判断を仰ごう」

顔を上げた希衣が、きっぱりと言い放つ。確かに、この状況は舞奈達の手に負える範囲ではない。

希衣が芦田と檜原に報告に行くと、二人はすぐさま動いた。まずは電話越しに恵梨香の状態を確認し、その後は檜原が実際にトイレまで恵梨香の様子を確認しに行った。その間、希衣・千帆・舞奈の三人は普段通りに乗艇練習をすることを指示されたが、恵梨香の状態が報告されるまでは三人とも心ここにあらずだった。

それから十五分後、芦田と檜原は再びこちらへ戻って来た。その表情は芳《かんば》しくない。

「湧別さんの様子はどうでしたか」

希衣の問いに、芦田が険しい面持ちのまま答えた。

「本人としては乗りたいらしいが、今の状態ではウォーミングアップも厳しそうだった。ただ時間経過で症状が改善しているみたいだから、こちらの判断で出場レースを絞ることにした。九時からのWK-1は棄権させる」

棄権。その言葉に、舞奈は無意識の内に喉《のど》を鳴らした。カヌー部に入部してから、誰かが棄権するのを見るのは初めてだった。

しかし希衣や千帆は既に覚悟を決めた顔をしている。体調不良で棄権というのは、大会では珍しくないことなのかもしれない。

「WK-2は九時四十分、WK-4は十時二十分から開始予定だ。それまでになんとか恵梨香の体調が持ち直すよう祈るしかない」

「そうですね」と希衣が頷く。恵梨香の体調がレースまでに回復するかどうか、誰にも分からなかった。

WK-1の決勝レースの開始時刻は着実に迫っていた。その間、恵梨香は一度も舞奈達の前に顔を見せていない。檜原曰《いわ》く、少しずつ回復はしているらしい。

「恵梨香ちゃんの分も頑張って来るからね」

千帆に言われ、舞奈と富歌は「頑張ってください」と応援する。ライフジャケットを身に着けた先輩たちはウマと呼ばれるスタンドからシングル艇を運び出していた。

浮桟橋《うきさんばし》に艇を浮かべ、颯爽《さっそう》と乗り込む。スタート地点からゴール地点まで、直線で五〇〇メートル。出場選手達は待機位置に移動するのだが、舞奈や富歌はそれを見届けることなくゴール地点へと向かう。距離が長いため、スタート地点から観戦するとゴール地点で何が起こっているのか判別がつかないのだ。

今日、決勝レースに出場しているのは昨日の準決勝を勝ち上がった面々だ。決勝レースのレーンの順番は、準決勝のタイムの上位から順に割り振られる。

中央の第五レーンは最も速い東京都蛇崩学園の利根《とね》蘭子だ。その左隣の第六レーンは元々は恵梨香の予定だったのだが、棄権のために千葉県小見山高校の大森楓となった。第七レーンは天神千帆。第八レーンは東京・蛇崩学園の三年生となっている。

そして蘭子の右隣である第四レーンは鶴見希衣。第三レーンは大森桜。第二レーンは埼玉県越井戸高校の宍戸《ししど》亜美《あみ》。第一レーンは蛇崩の三年生が位置している。ＷＫ‐１決勝進出者の九人中三人が蛇崩学園の生徒ということになる。流石《さすが》は強豪校というところだろうか。

「ちょっとちょっと、なんで恵梨香ちゃんがいないのよ」

応援エリアにいた華恵が、舞奈の存在に気付いた途端にこちらへと駆け寄って来る。黒のＴシャツに紫色のタオル。蛇崩学園の部員達は、皆同じ格好をしていた。富歌が「こちらの方は？」と小首を傾げる。

「蛇崩学園二年生の奥山華恵だよ。私の友達なの。華恵、この子は後輩の土器富歌ちゃんだよ」

「よろしくお願いします」

富歌が礼儀正しく頭を下げる。その反応に気分を良くしたのか、華恵は鼻孔《びこう》を微《かす》かに膨らませると、「よろしく」とヒラヒラと手を振りながら先輩風を吹かせていた。

「それで、恵梨香ちゃんは？　今朝からこの話題で持ちきりなんだから。蘭子先輩、すっごくガッカリしてたよ」

「サバに当たったみたいでお腹を壊しちゃったの。ペアとフォアにはきっと出場するよ」

「エー、体調不良なのにカヌーに乗れるの？」

「そこはほら、根性かなぁ」

「根性でなんとかなる？」

「恵梨香はなんとかしてくれようとしてるんだと思う。私達は信じて待つしかないよ」

舞奈は双眼鏡を手に取ると、スタート地点の様子を窺《うかが》う。精進湖には発艇装置がある為、皆がピタリとラインを揃えてスタンバイすることが出来る。監視員の乗ったモーターボートが水上を走り、平たい水面にこんもりと航跡の山を作っている。波打つ水面は船が過ぎると再び静寂を取り戻した。

「Ready set go!」

その合図と共に、カヌー艇が一斉にスタートした。真っ先に飛び出したのは蘭子だった。真っ白な艇が一搔《ひとか》きごとに大きく前進する。その速さは圧倒的で、他の追随を許さない。その後に続いたのは希衣と楓で、この二人はほぼ同じスピードだった。その後に蛇崩学園の三年生、桜、亜美、千帆、もう一人の蛇崩三年と続く。

「じゃ・く・ず・れ、ファイトー！　ファイトー！」

隣で試合を見守る部員達が大声援を送っている。舞奈と富歌も負けじと「ながとろ頑張れー！」「希衣先輩いけいけいけー！」と声を出す。

三〇〇メートルを越えた辺りで、既に蘭子とその他の生徒の間にはかなりの距離が開いている。もしもここに恵梨香がいたらいい勝負をしたと思うが、このメンバーでは蘭子の敵となるような相手はいない。

蘭子の後ろの二人は非常に白熱したレース展開だった。楓が僅《わず》かにリードをしたと思いきや、すぐさま希衣が抜き返す。抜きつ抜かれつの攻防戦は、四〇〇メートルを過ぎても続いていた。

レース終盤となっても、蘭子のペースは一向に落ちない。フォームは全く崩れることなく、水を搔き分けて進む。そのパドル捌《さば》きは圧巻で、何度も見ている舞奈ですら見惚《みと》れそうになった。

そのまま、後続と大差をつけて蘭子はゴールラインを越えた。余裕たっぷりな仕草で蘭子が後ろを振り返る。その視線の先では、白熱の二位争いが繰り広げられていた。

「小見山ファイトー！」

岸から声を掛けているのは、小見山高校のメンバーだ。舞奈は双眼鏡を覗き込み固唾《かたず》を飲んでレースを見守る。富歌は冷静にビデオカメラを回し続けていた。

希衣と楓。二人の艇はほぼ同じスピードで進んでいた。違いがあるとしたら、フォームだろうか。希衣の方が身体を大きく使っており、楓の方が回転数が多い。

今の希衣のフォームは、恵梨香のものによく似ている。上半身と下半身が連係しており、パドルを水に差し込んでから抜き取るまでがスムーズだ。

距離を表示するブイの隣を楓と希衣が通過する。残り、五〇メートル。

希衣がちらりと左へ顔を向けた。その刹那《せつな》、彼女のパドルを動かす腕の動きが加速した。グン、と艇が一気に前進する。楓が驚いた顔をしたのが、双眼鏡越しにハッキリと見える。

五〇センチほどの差をつけて、希衣の艇が先にゴールラインを越えた。その後に楓の艇が続く。富歌と舞奈は思わずその場で両手をとりあって飛び跳ねた。

「二位だ！」

「希衣先輩凄い！」

レースは続き、四位は蛇崩学園の三年生だった。その後、桜や亜美、千帆などが続々とゴールする。

「鶴見さん、凄かったわね」

「本当。今までで一番速かったよ」

別の観戦スペースから移動してきた芦田と檜原も、興奮しているようだった。レースを終えた選手達はゴール後の検艇を済ませた後に待機場所へと戻って来る。希衣と千帆が戻って来たのも、ＷＫ‐１の決勝レースが終わって少し時間が経ってからだった。

飛沫《しぶき》が髪に掛かったのだろう、希衣はポニーテールを解《ほど》いてタオルで髪を拭っている。その隣に立つ千帆は肌寒そうに両腕を擦《さす》っている。六月といえど、湖付近は気温が低い。特に今日は太陽の日差しがないせいで、ラッシュガードを着ていても肌寒かった。

「希衣先輩も千帆先輩もお疲れ様です！」

「うん、お疲れ様」

希衣が淡々と応じる。希衣にとっては良い結果を残せたはずなのに、その表情はどこか浮かない。

「どうしたんですか？　レースで何かトラブルがあったとか？」

「うーん。トラブルというか」

口ごもる希衣に代わって、千帆が口を開く。

「ゴールした後、皆でアナウンスがあるまで待機するでしょ？　その時に楓ちゃんと桜ちゃんが喧嘩《けんか》しちゃって。『恋愛なんてしてるから希衣にまで負けるんでしょー！』って、カヌーに乗ったままなのに桜ちゃんが楓ちゃんに摑《つか》みかかろうとして大変だったの」

「なんかもう、普通に疲れちゃったよ。痴話喧嘩はヨソでやってって感じ」

溜息《ためいき》交じりにそう言って、希衣は髪を括《くく》り直した。

「それで、湧別さんは？」

「恵梨香ならもうすぐ来るってさっき連絡がありました」

そう言って舞奈がポケットからスマホを取り出した時、本部テントの奥から恵梨香が姿を現した。背中を丸め、腹部を擦りながら歩いている。その歩みはのろく、一見しただけで彼女が本調子でないことが窺える。

「恵梨香、調子はどうだ」

芦田がすぐさま恵梨香の元に駆け寄った。確認したところ、発熱や吐き気などはないが、腹痛だけが続いているらしい。

「少しはマシになったんですけど……すみません」

「謝る必要ないよ。それより、本当にレースに出られるの？」

希衣の問い掛けに、恵梨香はコクリと首を縦に振った。

「シングルはともかく、他の種目は皆に迷惑が掛かりますから」

そんなことないよ、とは舞奈も言えなかった。関東大会に照準を合わせ、これまで練習を続けて来たから。

希衣が恵梨香の肩を叩く。

「よし。じゃあ、すぐにウォーミングアップしよう。無理しない程度でね」

「はい」

ＷＫ-２の決勝レースに出場するのは恵梨香と希衣だけだ。舞奈達は岸から二人を応援することしかできない。

「恵梨香、頑張ってね」

舞奈の言葉に恵梨香はのろのろと右手を挙げた。その覇気の無さからして、結果は見えていたようなものだった。


九時四十分から始まった第五十二レースは、つつがなく行われた。孤高の女王と名高い利根蘭子は出場をシングルのみに絞っているため、蛇崩学園のペアやフォアは蘭子以外で速い順に選手を組ませている。ペアの九組の内、蛇崩学園の選手は三組だった。

小見山高校からも二組が出場しており、片方のペアは大森姉妹だ。その他、越井戸高校や富士曙高校、渡柴高校などが決勝レースに残っていた。

「Ready set go!」といういつもの合図でレースはスタートした。最初に頭一つ抜けたのが蛇崩学園。その後ろに大森姉妹の艇がつき、それから少し離れた位置に恵梨香・希衣ペアの艇が続く。

他の艇に比べて恵梨香達が極端に遅いというわけではない。だが、普段の二人のペースに比べると明らかにタイムが遅い。体調不良が影響しているのは明らかだった。

そして順位は変わらないまま、九艇が次々にゴールする。上陸する選手達に、周囲の人間が次々に労《ねぎら》いの声を掛ける。

「すみません」

タオルに顔を押し付け、戻って来た恵梨香は深刻な口調でそう言った。

「ゴールしただけで立派だよ」「うん。恵梨香は頑張ってた！」と千帆と舞奈がフォローの言葉を入れる一方、希衣は責めることも慰めることもせず、黙って記録表を確認していた。

「WK‐4のレースは十時二十分から。千帆も黒部さんも支度して」

「はい！」

舞奈は慌てて双眼鏡を富歌に預ける。ビデオカメラを持ったままの富歌は「頑張ってくださいね」とこちらに向かって明るくウインクを飛ばしてきた。

いそいそと舞奈たちが準備している間、恵梨香は相変わらず浮かない表情をしている。

眉間に皺を寄せ、唇を嚙《か》み締め、彼女はずっと自身の腹部を擦っていた。

「恵梨香、本当に大丈夫？」

「うん。あと少しだから……」

　レースは楽しむのが一番だと思っている舞奈だが、こうなってくると不安や心配の方が勝ってくる。恵梨香に無理をさせている原因がもしも自分なのだとしたら、やっぱりどこか申し訳ない。

　ラッシュガードの裾を引っ張り、舞奈は大きく息を吸い込む。恵梨香も申し訳ないと感じているのだとしたら、それは悲しいことだと思った。

　フォア艇を運び、皆で浮桟橋へと移動する。順に乗り込んで待機場所に移動した時には、パラパラと雨が降り出していた。水面にはいくつも波紋が広がり、幾何学模様を描いている。

　水分を含んだ髪が額に重たく貼りつき、舞奈は指先で前髪を払った。雨粒が睫毛《まつげ》に付着し、瞬《まばた》きする度に視界を邪魔した。

「雨が降っている中でレースするのは、舞奈ちゃんは初めてだね」

　後ろに座る千帆が心配そうな声を出す。舞奈はコックピットに装着したスプレーカバーが外れていないかを目視で確認した。このカバーがあると、水が中に入って来ないのだ。

「風がないだけマシな気がします。それにしてもめちゃくちゃ曇ってますよね、富士山が全く見えない」

「標高が高いと天気も変わりやすいからね。前髪には気を付けてね。パドルを両手で持ってるから、レース中に前髪が落ちて来ても直せないんだ」

「た、確かに」

幸いなことに舞奈の前髪はそれほど長くないため、濡《ぬ》れても視界を遮ることはなかった。それでも念のため、右側に前髪を流しておく。

「千帆も湧別さんも黒部さんも、無理だけはしないように。冷静にゴールまで進もう」

二番目の席に座る希衣が前を向いたまま言う。舞奈は「はい！」と返事をした。

第九レーンまで、全ての艇が発艇装置にカヌーの先端を差し込む。審判による各艇の人数確認が行われている間、舞奈は何度も深呼吸した。パドルをしっかりと握り、脳内でシミュレーションを繰り返す。

すぐ隣の艇は、大森姉妹のいる小見山高校だった。普段は騒がしい楓と桜だが、今日はやけに静かだ。

だが、人のことを気にしている場合ではない。顔を上げると、空は霧のように薄く白んでいた。その全てが雨粒だった。

「Ready set go!」

ピストルの発砲音と共に、カヌー艇が一斉にスタートラインから飛び出した。今日の舞奈達のフォア艇は鮮やかな黄色をしている。湖にぼんやりと映る黄色の影は、四人が進むのに合わせてどこまでもついて来た。

右へ、左へ。

タイミングを揃えることを意識して、舞奈は前に座る希衣の背中を凝視する。足元のストレッチャーを踏み込む度に、腹筋に力が入るのを感じた。

「湧別さん、慌てないで」

希衣が鋭い声を飛ばす。舞奈は飛沫によって濡れた唇をチロリと舐《な》めた。

今日のパドルは一段と重い。漕いでも漕いでも水を上手く摑めていないような感覚がある。その理由は明らかだ。エンジン役である恵梨香が、いつもの調子を出せていない。

乗る人の調子が変わるだけで、こんなにも漕ぎやすさが違うのか。そのことに、舞奈は内心で衝撃を覚えていた。

去年の春からずっと努力を重ねてきた。フォアで乗ることが決まって、尚更《なおさら》一生懸命頑張った。皆が上達したと褒めてくれたし、舞奈自身もそう思っていた。埼玉県大会では一位にもなったし、それが舞奈の自信になった。

だが、恵梨香が不調になった途端にすぐコレだ。舞奈達の横を通り過ぎ、小見山高校の面々が先に進む。蛇崩学園だって負けじとそこに食らいついている。先頭を争う二艇に比べると、舞奈達の艇はやや遅かった。

「大丈夫。いけるよ、いける」

希衣の声掛けは、凛《りん》としていて飛沫の中でもよく聞こえた。普段は終盤になってもペースを落とさない恵梨香だが、今日は既に息が上がっている。

ハッハッと荒い呼吸が前からも後ろからも聞こえて来る。とにかくゴールへ。ただそれだけを考え、舞奈はパドルを動かしながら下半身を激しく捻《ね》じった。

結局、ながとろ高校は三着だった。

「三位でも凄いよ」と舞奈は声を大にして言いたいが、落胆している恵梨香を見ているとそんなことを軽々しく口にできる空気ではなかった。

陸に上がり、芦田や檜原と合流しても恵梨香は口を噤《つぐ》んだままだった。希衣が気遣うように、その背中を檜原から手渡されたバスタオルで包み込む。恵梨香は「すみません」と小さく呻《うめ》いた。

「無事にゴール出来て良かったよ。落水しなかったし」

「そうですよね。私もウッカリ落ちちゃうかなと思ってヒヤヒヤしました」

千帆と舞奈の言葉にも、恵梨香は浮かない顔をしている。もしかすると、自分の実力を出せなかった大会は恵梨香にとってこれが初めてだったのかもしれない。

「よくやった」という芦田の言葉すら、恵梨香には全く響いていないようだった。

――と、その時、

「お疲れさん」

蛇崩学園の応援スペースから、するりと黒い影が現れた。利根蘭子だ。

真っ黒な傘を差し、蘭子は空いている方の手をヒラヒラと恵梨香に向かって振った。

「体調不良やったんやって？」

蘭子の登場に驚いている皆を無視し、蘭子は恵梨香の方に傘を傾けた。恵梨香の身体を濡らしていた雨が、その時だけ遮られる。

恵梨香は唇を引き締めたまま、首を左右に振った。

「言い訳はしません」

「そうなん？　原因の究明は必要なことやと思うけど」

意味深長に、恵梨香は目を細めた。その口角がうっすらと上がる。

「ま、自分を責めるのはいいけどほどほどにしときや」

蘭子の手が、ポンと恵梨香の肩を叩く。その途端、恵梨香の両目から勢いよく涙が溢れた。突然のことに呆気《あっけ》に取られたのは舞奈だけではなく、恵梨香自身も自分が泣いていることに驚いているようだった。

恵梨香は乱暴に自分の目元を拭っていたが、涙は溢れ続けていた。顔を隠すように恵梨香はバスタオルに強く顔を押し付ける。その間、蘭子は黙って恵梨香の背中を擦っている。その眼差しは優しかった。

寄り添う二人を、舞奈はじっと見つめる。まるでこの二人だけがチームメイトみたいだな、と思った。恵梨香に頼れる相手がいることは良いことだ。そう頭では分かっているが、それでもちょっぴり寂しかった。

第四章

再会、
オープンキャンパスにて

side　希衣

四月二十一日
鶴見《つるみ》希衣《きえ》　2:07.2
四月二十八日
鶴見希衣　2:04.5
五月五日
鶴見希衣　2:05.0
六月二日
鶴見希衣　2:03.8
六月三十日
鶴見希衣　2:02.1

自身のスマートフォンに記録されているのは、三年生になってからの記録だった。一年生・二年生の時と比べて明らかにタイムが伸びている。芦田《あしだ》の指導を受けているのは恵梨香《えりか》も同じなためなかなかタイムは追いつかないが、それでも成長著しいことは間違いない。

現に、先月行われた関東大会でＷＫ－１では蘭子《らんこ》に続いて二位となった。もしも恵梨香が本調子であれば希衣は三位だっただろうが、あの時に恵梨香は体調不良でレースを棄権したのだった。

「はぁー」

放課後の部活時間中、希衣は大きく溜息《ためいき》を吐《つ》いた。六月の関東大会からかれこれ一か月ほどが経《た》つ。七月になり、終業式までの残り時間はあと僅《わず》か。多くの生徒たちは夏休みの期待に胸を膨らませていた。

今日のカヌー部の練習はトレーニングルームでの陸トレだった。舞奈《まいな》や富歌《とみか》は水上練習の方が好きなようだが、希衣は陸での基礎トレーニングの方が性に合っている。数字という確かな手応《てごた》えがあるからだ。

希衣がローイングエルゴメーター、通称エルゴを動かす手を止めている間、隣に座る恵梨香は黙々とパドリングを行っていた。

ローイングエルゴメーターとは陸上で水上のカヌーの動きが再現できるトレーニングマシンだ。マシンには紐《ひも》で繋《つな》がった長い棒が取り付けられており、それを引っ張ってパドルのように動かして使う。

関東大会を終えた後、部員達の目標は八月初旬に九州で行われるインターハイへとシフトした。カヌーの会場は鹿児島県伊佐《いさ》市にある菱刈《ひしかり》カヌー競技場だ。伊佐市は鹿児島県の北部に位置する市で、東洋のナイアガラと呼ばれる曽木《そぎ》の滝が有名だ。滝幅は二百十メートル、高さは十二メートルもある。

菱刈カヌー競技場は川内《せんだい》川の上流に位置しており、流れがほとんどないことを特徴としている。希衣も何度か行ったことがあるが、漕《こ》ぎやすかった記憶がある。

「ふぃー。疲れました！」

「舞奈ちゃん、凄《すご》いよ。先週より五キロ増えたのに余裕があったね」

「やったー！」

少し離れたところから、千帆《ちほ》と舞奈の呑気《のんき》な会話が聞こえて来る。舞奈がしていたのはウエイトスクワットだ。バーベルを肩に担《かつ》いだ状態でスクワットを行う。

「よくそんな重いもの持てますよねぇ」とそのすぐ隣にいた富歌が呆《あき》れたような感心したような顔で告げる。彼女は重りのついていないバーベルを持つだけで、いつもヒイヒイ言っているのだ。ちなみに、バーは十キロある。

「時間だね。二十分、休憩挟もうか」

希衣の言葉に、皆が「はい」と元気よく返事する。ただし、恵梨香だけはこちらの言葉を無視してトレーニングを続けていた。

「湧別《ゆうべつ》さん、休憩だよ」

声を掛けると、ハッとした様子で恵梨香が動きを止めた。エルゴメーターの練習メニューは数分間漕いだ後にインターバルを挟むことになっているのだが、今日の恵梨香はぶっ通しでエルゴを漕ぎ続けている。

「すみません。集中してました」

「ならいいけど、オーバーワークには気をつけて。身体《からだ》を壊したら元も子もないからね」

「は、はい」

無表情のまま、恵梨香が首を縦に振る。舞奈がぴょんとその場で飛び跳ねた。

「二人共、千帆先輩が紅茶を用意してくれたそうです！　休憩しましょう」

「うん、休もう」

そう返事しつつも、恵梨香はずっと心ここにあらずに見える。関東大会の決勝レースの日から、恵梨香の様子はずっとおかしい。

あの日、恵梨香は体調不良だった。ＷＫ‐１のレースは棄権。ＷＫ‐２、ＷＫ‐４のレースでは実力を発揮できなかった。こればかりは仕方がないと皆で慰めたのだが、恵梨香は今も尚《なお》そのことについて気にしているようだった。

まぁ、引きずる気持ちは希衣にも理解できるのだ。WK-1だけであれば個人戦のため、自分のミスは自分だけのものだ。しかし、WK-2、WK-4となると話は違う。チームメイトにダイレクトに影響が出る。良い影響も、悪い影響も。

「この前ね、農園部でアンズを収穫したの。それをジャムにしてクッキーにしたんだ」

トレーニングルームの端に、余っていたパイプ椅子《いす》を輪のように並べる。座っている四人に千帆が差し出したのは、アルミ製の小箱だった。正方形の底には緩衝材を敷き、さらにその上にクッキングシートを重ねている。中に入っているのは絞り出しクッキーで、輪っかの中央部分に黄金《こがね》色のジャムが載っていた。

「天神先輩のお菓子ってマジで映《ば》えますよね。見た目もオシャレ〜」

富歌が嬉々《きき》としてスマホを構える。富歌のインスタグラムはながとろ高校の生徒のフォロワーが多いため、写真をアップするとすぐにいいね!がつく。千帆はそれを見るのが嬉《うれ》しいらしく、お菓子が差し入れされる頻度が増えた。

「今日の紅茶はアプリコットティーだよ。中にアンズが入ってるの」

湯気の立つ水筒から、千帆が紙コップへと中身を注ぐ。途中、アンズと思《おぼ》しき塊がごろりと水筒から出て来た。

希衣はクッキーを摘《つま》み、口へと運ぶ。千帆の作るクッキーはバターの風味が利《き》いていて美味《おい》しい。アンズジャムもくどさがなく、甘酸っぱさがちょうどいい。

「ふー、すっごく幸せです」

舞奈が目を細めて言った。「舞奈ちゃんは褒め上手だね」と千帆がまんざらでもない表情を浮かべた。

「ええっ」

紙コップを片手にスマホを弄《いじ》っていた富歌が、急に素《す》っ頓狂《とんきょう》な声を上げる。その視線はスマホに固定されたままだった。

「どうしたの」

「いや、大森《おおもり》姉妹のインスタグラムが更新されてたんですけど、楓《かえで》さんの方が大学でカヌー部に入るつもりはないって」

「嘘《うそ》」

驚きのあまり、希衣は咄嗟《とっさ》に富歌のスマホを覗《のぞ》き込んだ。アップされた写真には墨田《すみだ》大学の赤本とピースしている楓の手が写っている。デカデカと書かれた大学名の下には、やや控えめに外国語学部の文字が添えられている。

『勉強を頑張ってるから自分へのご褒美にチョコを買った。カヌー部での活動は高校が最後だから、インターハイも頑張りたいと思っている』

投稿された文章には絵文字が一つもなかった。桜《さくら》が書いた場合はカラフルな文面になるため、これが楓の書いたものであることは間違いない。

動揺する希衣に対し、千帆は冷静だった。

「墨田大学の外国語学部は有名だよね、他の学部に比べて偏差値が高いし。受験勉強してるってことは、一般入試を受けるつもりなのかな」

「いやいや、カヌー部に入るつもりないならなんで墨田大学？　大体、大森姉妹はずっとオリンピックに出るのを目標にしてたじゃん。一番上の大森椿《つばき》も、墨田大学で日本代表入りを目標に頑張ってるし」

「カヌー部に入らなくても、趣味でカヌーは続けるつもりなんじゃないかなぁ。カヌーを止《や》めるとは書いてないし」

「千帆みたいにってこと？」

「うん。そういう生き方もアリだよね」

他人《ひと》事《ごと》ながら呆然《ぼうぜん》として、希衣は倒れ込むようにパイプ椅子の背もたれに身を預けた。

千帆が女子大の製菓コースに行くと聞いた時はすぐに納得した。心の準備が出来ていたから。けれど、大森姉妹は違う。あの三姉妹は小学生の頃から三人でオリンピック選手になることが夢だと語っていた。

思い返すと、関東大会で楓と桜が揉《も》めていたのはこれが理由だったのかもしれない。去年の神田《かんだ》と堀《ほり》のように犬も食わない喧嘩《けんか》をしているのかと思っていたが、どうやら事態はもっと深刻なのかもしれない。少なくとも、神田と堀はどちらも大学でカヌーを続けている。

「鶴見先輩って、大森姉妹と仲が良いんですか？」

富歌の問いに、「まぁ、腐れ縁ってやつ」と希衣は答える。仲良しというわけではないが、戦友のような気持ちがあることは間違いない。

「皆色々あるってことだね」

アプリコットティーを飲みながら、千帆がしみじみと呟《つぶや》く。柔らかな紙コップは側面まで熱を持っていた。その中身を、希衣は一気に飲み干す。口の中を火傷《やけど》したかもと思っても、後の祭りだ。

ちらりと正面に座る恵梨香を見ると、彼女はこちらの話をほとんど聞いていないのか、ぼんやりと窓の外の様子を眺めている。練習時の恵梨香のタイムはほとんど落ちていないが、伸びてもいない。関東大会の時のことを、恵梨香はずっと引きずっている。

「ゴメン、ちょっとトイレに行ってくる」

立ち上がり、希衣はゴミ箱へ紙コップを入れた。本当にトイレに行きたかったわけではなく、ただ外の空気を吸いたかっただけだ。

一人でトレーニングルームを出て行こうとした希衣の後を、「私も行きます」と舞奈がついて来た。その口元にクッキーに載っていたジャムがついている。

「黒部《くろべ》さん、口元」

希衣が唇を指さすと、舞奈は慌《あわ》てた様子で手の甲で口元を拭《ぬぐ》った。

「千帆先輩のお菓子、本当に美味しいですよね」

「アプリコットティーも美味しかったしね」

「恵梨香も喜んでくれたら良かったんですけど」

その言葉に希衣の足は勝手に止まった。通路は人気はあまりなかったが、時折他の部活の生徒たちも行き交っていた。すれ違った女子テニス部の生徒たちのTシャツの背中には、『一球入魂』という文字と共にラケットの絵がプリントされている。

「湧別さん、やっぱり様子が変だよね」

希衣の言葉に、舞奈は両目を瞬《しばたた》かせた。

「本人はそんなことないって言ってるんですけど、落ち込んでるように見えます。けど、私にも弱音は吐いてくれないんですよねぇ。もっと頼ってくれていいのに」

溜息交じりの舞奈の言葉に、つい自嘲《じちょう》にも似た吐息が漏れる。

「……結局、湧別さんにとっての相棒って利根《とね》蘭子なのかもね」

止めていた足を希衣は動かす。舞奈は慌てて希衣の隣に並ぶと、こちらの顔を見上げた。

「どういう意味ですか？」

「私達は対等じゃない。だから湧別さんは私達に頼れないのかも。自分が頑張らないと勝てないって分かってるから」

関東大会のあの日、恵梨香が縋《すが》ったのは蘭子だった。希衣も千帆も舞奈も、彼女を支えるには力不足だったということだ。

トイレ前には手洗い場が設置されていた。正面にある鏡は曇っており、映っている自分の姿は出来の悪い抽象画のようだ。曖昧《あいまい》な薄橙《だいだい》色と黒色の二色で鏡の中の希衣は構成されていた。

「黒部さん、トイレ行っていいよ。私はトレーニング室から抜け出したかっただけだから」

そう告げると、舞奈はバツが悪そうに自身の頬を掻《か》いた。

「実は私もトイレに行きたかったわけじゃないんです。希衣先輩と喋《しゃべ》りたくてついて来ただけで」

「私と？」

「そうです」

舞奈は頷《うなず》き、水色のＴシャツの裾《すそ》を引っ張った。鏡の中の彼女は希衣と違って明るい色合いをしている。

「なんだか、希衣先輩の元気がないように見えたので」

「元気がないのは私じゃなくて湧別さんだよ」

「恵梨香もですけど、恵梨香だけじゃないですよ」

まんまるな瞳《ひとみ》が希衣を真っ直《す》ぐに映し出す。茶色を帯びた髪は柔らかく、一見すると好き放題跳ねているように見える。

「そんな風に見えた？」

「ちょっとだけですけどね！　私、カヌー部が好きなので。誰かが寂しい顔をしてるのは嫌だなって」

そういえば、恵梨香の体調不良が発覚した時も舞奈は冷静だった。天真爛漫《らんまん》に振る舞っている割に、妙にクールなところもある。

「……黒部さんってさ、意外とリーダーとか向いてるかもね」

「ええっ、なんですか急に」

「なんとなく思っただけ。黒部さんがいるなら来年もきっとカヌー部は大丈夫だね」

蛇口をひねり、意味もなく手を洗う。ポンプボトルを押すと、緑色の液体せっけんが勢いよく出て来る。それを両手で擦《こす》ると、あっと言う間に白い泡が立ち上がった。

「それを言うなら、希衣先輩も同じですよ」

「同じって？」

「希衣先輩がいてくれたら、きっと恵梨香は大丈夫です。インターハイまでには元気になりますよ」

それに、と舞奈は続けた。

「私だって、フォアで活躍できるよう一生懸命頑張りますから。皆頑張ってるんですもん、きっとぜーんぶ大丈夫です！」

そう言って、舞奈は白い歯を見せて笑った。何の根拠もない言葉だった。けれど、根拠がないからこそ受け入れられることもある。

纏《まと》わりついた泡を水で流し、希衣は綺麗《きれい》になった手の平を広げる。恵梨香ほど大きくはないけれど、何でも摑《つか》めそうな手をしていた。


「――以上をもちまして、一学期の終業式は終わります。続きまして、表彰式を行います。表彰される生徒は速やかに壇上に移動してください」

七月の終わり。最高気温が三十度を超える真夏日に、ながとろ高校の終業式は行われていた。全校生徒が体育館に集合し、クラスごとに整列する。体育館には冷房がついているはずなのに、利きが悪いのかいまいち涼しさを感じられない。

前方に設置された木製の演台では放送部の生徒達が忙《せわ》しなくプリントを捲《めく》っている。学校行事のアナウンスを担当しているのは放送部員達で、マイクに向かって慌ただしく指示を出していた。

夏服のネクタイの位置を整え、希衣はクラスの列から抜け出して壇上へと向かう。カヌー部は表彰の常連だ。他にも陸上部や放送部の生徒が移動している。

　カヌー部で壇上に上がるのは富歌を除いた四人だ。ちらりと下を見ると、一年生の列から富歌がヒラヒラと手を振っていた。

「賞状。ＷＫ－４の部、第三位。ながとろ高校カヌー部　鶴見さん、天神《てんじん》さん、湧別さん、黒部さん。あなた方は関東高等学校カヌー大会において、頭書の成績をおさめられました。よって、ここに賞します」

　校長から賞状を受け取ったのは希衣だった。その後、ＷＫ－２、ＷＫ－１の賞状も渡された。

　関東大会の決勝レースでは優勝は出来なかったものの、全《すべ》ての種目で上位だったことは間違いない。胸を張る舞奈とは対照的に、恵梨香の表情は未《いま》だに浮かないものだった。

　希衣は隣に立つ恵梨香の手の甲にそっと触れる。恵梨香は目を伏せただけで、何も言わなかった。

「カヌー部は八月初旬に行われるインターハイに出場します。皆さん、大きな拍手をお願いします」

　アナウンスに従い、体育館中から拍手が送られる。それに真面目《まじめ》な顔で応じながら、希衣は背筋を正した。インターハイで優勝すること。それは、カヌー部を立ち上げた頃からの希衣の夢だった。

　夏休みに突入してからも、カヌー部の日々は変わらない。練習、練習、練習だ。水上練習は勿論《もちろん》のこと、ウエイトトレーニングでの筋肉に掛ける負荷などもインターハイでマックスのパフォーマンスが発揮できるように逆算して練習メニューが組まれている。

　その中で、恵梨香は一週間の内三日ほどの割合で代表選手が使えるトレーニングセンターに通っていた。蘭子とペアの練習をするらしい。その間、希衣は黙々とシングルの練習を行う。

　インターハイのＷＫ‐１に出場するのは恵梨香だけで、希衣には出場権がない。ＷＫ‐２、ＷＫ‐４には希衣も参加するが、それだって恵梨香がいなければ練習は出来ない。だが、恵梨香がいないからといって手を抜くようなことはしない。

　個人の実力を伸ばすことが、結果としてペアやフォアの記録を伸ばすことに繋がる。舞奈や千帆がきちんと練習メニューをこなしているのも同じ志を持っているからだろう。全てはインターハイの為《ため》。千帆と希衣にとってはこれが最後のインターハイだ。

「とはいえさ、高校生活が人生の全てじゃないよね。カヌー一筋のお姉ちゃんには分かんないだろうけど」

　長瀞《ながとろ》駅から江東区までの道中、不意に思い出したのは今朝の妹の台詞《せりふ》だった。

七月の第四日曜日。普段は高校でカヌー練習に励む時間帯だが、今日の希衣は片道二時間半を掛けて電車で東京都江東区に向かっている。昼前ということもあり車内はそこまで混雑していなかった。

ロングシートの端の席が確保できたため、希衣は先ほどから居眠りを繰り返していた。目的地はカヌーの強豪校である墨田大学。今日はその、オープンキャンパスが開催される日だった。

何も考えずに制服を着て来たが、今頃になって私服の方が良かったかもと思い始める。墨田大学に知り合いは何人かいるものの、実際に足を運ぶのは初めてだった。

スカートのプリーツを整え、希衣は座席へ座り直す。今朝のことを思い返すと、脳裏に浮かぶのは妹の見事な銀髪だった。中学生の妹は、夏休みになるとすぐに派手な色に髪を染める。彼氏の影響で黒髪に戻していたこともあったのだが、その彼氏ともすぐに別れたらしかった。

「もし高校受験に失敗しても悲観的になる必要はないと思うんだよね。十代の時間は限られてるんだから、勉強なんて無駄な時間に捧《ささ》げてらんないよ」

そう愚痴《ぐち》る妹に、母親が「そんなこと言って、高校受からなかったら困るのはアンタなんだからね」と怒っていた。見兼ねた父が「受験は自由けんのう」とよく分からない親父《おやじ》ギャグをかまし、空気はすぐにしらけたが。

中学三年生の妹と、高校三年生の希衣。受験生が二人もいるということで、ここ最近の鶴見家はシリアスな空気になることが多かった。娘達の成績を最も気にしているのが母親で、妹の模試の結果を見ては一喜一憂している。どこでも良いからとにかくちゃんと高校に行って欲しいらしい。

希衣は自分の進路について母親に口出しされたことはない。体育大学か、或《ある》いは普通の大学のスポーツ科学部か。明確なのは大学に行ってもカヌーを真剣に続けたいというその一点だけで、夏休みだというのに第一志望の学校すら決まっていない。関東のカヌー強豪校となると選択肢が狭まるので、候補が無限にあるというわけではないのが救いだ。

電車内に貼《は》られた予備校の広告では、制服姿の女子高生がこちらに向かって微笑《ほほえ》んでいた。ずらずらと羅列された合格実績を見ていると、自分だけが取り残されたような気分になる。

大学の最寄り駅に着き、希衣は席から立ち上がった。下車する客の中には制服姿の生徒がちらほらと混じっている。恐らく、目的地は同じだろう。

Ａ３出口から徒歩七分。公式サイトの案内とグーグルマップを駆使して、希衣は墨田大学のキャンパスへと辿《たど》り着いた。近くには荒川があり、カヌーやボートをする環境が整っている。

建物自体も新しく、周囲を歩いている学生の雰囲気も良い。広い中庭には芝生が敷かれており、お弁当を食べたり昼寝をしたりしている学生の姿があった。なかなか良い所だな、と希衣が気分よく歩いていたその時、通路脇《わき》に並び植えられていたコニファーの木の内の一本がガサリと揺れた。常緑の葉はふかふかと生い茂り、向こう側を完全に隠している。野良猫だろうかと注視していると、さらにガサガサと木が揺れた。明らかに怪しい。

　好奇心を抑えきれず、希衣は木の奥を覗き込んだ。その瞬間、聞き覚えのある声が左側の鼓膜を貫いた。

「ウワッ、バレた！」

「声でかっ」

　咄嗟《とっさ》に耳を押さえると、木の後ろに隠れていた人物が反省の色一つ見せずぺろりと舌を出した。ゴールドのサンダルに、ピンク色を基調とした小花柄のワンピース。ツインテールに、左に流された前髪。

　そこに立っていたのは、小見山《おみやま》高校の大森桜だった。

「……何してんの？」

　真っ当な疑問を口にしたのに、桜は何故《なぜ》か自身の口元に人差し指を当てた。

「シーッ！　声が大きい」

「いや、大きいのはそっちなんですけど」

「バレちゃうでしょ。こっち隠れて」

「バレるって何が？」

頭の中を疑問符だらけにする希衣に説明することなく、桜は植木の裏側に希衣を引っ張り込んだ。通路というほどではないが、建物と並木の間には人が二人ほど通れるスペースがあった。桜は葉の隙間《すきま》から、何かを観察しているらしい。

「っていうか、楓は？　オープンキャンパスに来たんじゃないの」

「オープンキャンパス？　なにそれ」

「なにそれって……」

困惑していると、急に桜が「来た！」と吐息を強くした。話にならず、希衣も渋々葉の隙間から覗く。

外灯の立ち並ぶお洒落《しゃれ》な通路を歩いているのは、ネイビーのシャツワンピースに身を包んだ楓だった。その隣を見知らぬ男性が歩いている。ほっそりとした体格で、姿勢が良い楓とは対照的にその背中はどことなく丸まっていた。黒縁眼鏡を掛けていて、縦に細長い印象を受ける。インドア派なんだろうな、となんとなく想像できる見た目だ。

驚くべきは、並んで歩く二人の空気感だった。男性が何か話す度に、楓は可笑《おか》しそうに目を細めて笑う。時に気安く肩を叩《たた》き、時に目を合わせて微笑み合う。二人はなんとも仲睦《むつ》まじいムードを四方八方にまき散らしていた。

　キャッキャウフフと会話を交わしながら、二人は広場の奥へと歩みを進める。その背中が確実に遠ざかったのを確認し、希衣はようやく桜へと顔を向けた。

「楓って彼氏いたんだね。墨田大学の人？」

　そう尋ねるが、桜は俯《うつむ》いたままその場で震えているだけだった。

「桜？」

　下から覗き込むと、桜は勢いよく顔を上げた。その口が『あ』の形に開く。

「ダ、ダ、ダ……」

「だ？」

「誰だよアイツぅ！　楓に纏わりつきやがって、ストーカーだよストーカー！」

　ダンダンと桜が地団太を踏む。

「いや、現段階だと桜の方がやってることストーカーだけど」

「私はストーカーじゃないもん。ただ調査してただけ！」

「調査って、探偵じゃあるまいし」

「それがロマンってもんでしょ！」

　ヒートアップしていた桜だったが、やがて不満を訴える声は小さくなった。まだ唇は震えていたけれども、そこから漏れるのは吐息だけとなる。何度も繰り返される瞬《まばた》きが彼女の動揺を訴えていた。

「大丈夫？　顔色悪いけど」

「だって、楓が勝手なことばっかりするから」

「彼氏を作るのが勝手なことなの？　なんか言ってることおかしくない？」

「それだけじゃない。大学に行ったらカヌー部に入らないとか言って……楓は私を裏切って彼氏を選んだんだ。写真だってずっと見せてくれなかったし。あんなどこの馬の骨とも分からない男、絶対ダメだよ。楓を誑《たぶら》かしてるんだ」

「そうと決まったワケじゃないでしょ。お似合いの二人に見えるけど」

「希衣には分からないんだよ！　彼氏なんて出来たことない癖に」

カチン。余計な一言に、希衣は一気に腹立たしさが込み上げてくるのを感じた。大体、どうして自分がこんな厄介ごとに巻き込まれなければならないのか。

「そこまで気になるなら本人に聞けばいいじゃん」

「本人って？」

「楓だよ。ほら、あそこにまだ座ってる」

楓と男性は、広場に設置されたベンチに座って話していた。膝《ひざ》の上にコンビニのレジ袋があるから、一緒に食べるものを買ったのかもしれない。

「直接聞くとかそういうのは違うでしょ」

怖気《おじけ》づいたのか、桜は急にモゴモゴと口ごもった。しかしここまで言われたからには希衣も黙って引き下がるわけにはいかない。彼女の腕を掴《つか》み、そのまま広場に向かって歩き出す。

「ちょっ、ちょっと待って！」

「待たない。神田と堀といい、皆好き勝手やり過ぎなんだよ」

桜は逃げようと反対側に腕を引いたが、そんなことでは希衣の歩みを妨げることはできなかった。一年前と比べて希衣の肉体は鍛えられている。単純な力比べで桜に負けるはずがない。

「楓！」

希衣がそう声を張り上げると、会話していた楓と男性は同時にこちらを向いた。「バレちゃうってば、帰ろうよ」と桜は抵抗していたが、二人と話せる距離にまで近付いた時には腹を括《くく》った様子でにっこりと笑顔を作って男性に向かって手を振った。

「ハ、ハーイ……桜だよ」

「どうして桜がこんなところに？」

楓が訝《いぶか》し気に首を捻《ひね》る。慌てる桜の横で、希衣は堂々と答える。

「墨田大学のオープンキャンパスに来たの」

「わざわざ二人でかい？　君達はそんなに仲が良かっただろうか」

「千帆の進路が既に決まってるから、他に大学カヌー部に興味がありそうな人を探してたの」

「ふうん」

言い訳として苦しいかと思ったが、楓は一応は納得した様子だった。前髪を指先で払い、彼女は隣に座る男性へと手を向ける。

「こちらは現在私が交際している大久保《おおくぼ》さんだ。大学二年生で、墨田大学に通っている」

「どうも、こんにちは」

眼鏡のレンズの奥で、大久保の両目が弧を描く。その声は優しく、魅力的だった。短い黒髪は猫っ毛で、毛先がくるくると跳ねている。

「こちらは私の妹の桜と、友人の鶴見希衣だ。彼女も小学生の頃からカヌーをやっていたから、かなり長い付き合いになる」

「あの、どうやって楓と出会ったの」

桜が大久保に向かって尋ねる。彼はどこか照れたように自身の膝と膝をくっつけた。

「僕の友人がカヌー部なんですけど、バーベキューに誘われたんです。その時に楓ちゃんは椿さんに連れられて来ていたんですけど、そこで意気投合して」

「何そのバーベキュー！　私、聞いてない」

憤慨する桜に、楓が肩を竦《すく》める。

「聞いてないわけないだろう。ただ、桜はあの時赤点を取って補習を受けていたから、参加できなかっただけだよ。当時は大学でもカヌーをやろうと思っていたから、カヌー部の見学を兼ねて椿に墨田大学へ連れて来てもらうことにしたんだ」

「じゃ、じゃあ、なんで今はカヌーを続けようと思わなくなっちゃったの」

「他にやりたいことが出来たからだよ」

「やりたいことって何」

「勉強だよ」

「嘘だ！　好きで勉強したい人間なんてこの世界にいるわけないもん」

「心外だな。桜の思想を他の人間にまで当て嵌《は》めないでくれ」

楓が眉間《みけん》に皺《しわ》を寄せた。会話の雲行きが怪しくなったのを感じ、希衣と大久保は自然に目を合わせた。どうしたものかという顔だ。

「大久保さんと出会って、私は学問の面白さに目覚めたんだよ。カヌーに熱中したのと同じように、大学生になったら学ぶことに自分の時間を費やしたい」

「何それ。結局、全部全部この人が悪いんでしょ？　YouTube の撮影を断ったくせに、この人とは毎日電話してるし」

「電話したって良いだろう別に。大体、最初から三年生になったら受験勉強の為にＳＮ

S活動はセーブすると話していたじゃないか」

「言ってたけど！　でも、埼玉県大会までは普通に更新してたもん。付き合ってから楓は変わっちゃったんだ！　男の人に影響される楓なんてカッコ悪い。それに、大学生のくせに高校生に手を出す男なんてダサいよ！　服装もイケてない！」

「いくら桜でも私の大事な人の悪口はやめてくれ。不愉快だ」

　ぴしゃりと撥《は》ね除《の》けた楓に、桜が呆然と目を見開いた。その両目にみるみるうちに涙が溜まる。

「意味わかんない！　楓なんてもう知らないからね！」

　そう吐き捨て、桜は門に向かって駆け出した。反射的に追いかけようとした希衣を、「待ってくれ」と楓が制止する。

「追わなくていい。これは桜の問題だから」

「でも、かなり怒ってたよ？　それに、私が焚《た》きつけた部分もあるし」

「むしろ君は巻き込まれたんだろう。あと、オープンキャンパスの説明会ならあと五分で始まってしまうが」

「嘘っ」

　咄嗟に手首を見ると、そこに嵌まっているスマートウォッチは確かに五分前の時刻を示していた。

楓が真っすぐに校舎の方を指さす。

「説明会はあの建物の一階、１０２号室だ。急いでいかないと遅刻するぞ」

「楓は行かないの？」

「私は既に受験すると決めているからね」

そこまで言って、楓は思い出したように手を叩いた。

「説明会が終わったらそのままカヌー部に顔を出すといい。神田や堀が喜ぶだろうから」

「そんな急にカヌー部に行って大丈夫なもん？」

「大丈夫だ、かなりアットホームな雰囲気の部活だから。さぁ、私達には構わず行ってくれ」

楓の隣では、大久保がヒラヒラと遠慮がちに手を振っている。桜は彼を酷評していたが、彼女の一方的な文句に対しても怒りを見せない彼のことを希衣は良い人だと感じた。

「じゃ。また、インターハイで」

希衣の言葉に、楓の口端が不敵に吊《つ》り上がる。大学ではカヌー部には入らないと語ったその口で、彼女は力強く言葉を吐いた。

「あぁ、また決勝で会おう」

オープンキャンパスの説明会は、思ったよりも内容が盛り沢山だった。最初にプロジェクターで再生されたVTRではカリキュラムや学科、授業内容についての他、就職状況なども説明された。大学に入学できるかも分からないというのに、就職のことなんて言われても遠い未来に思える。

その後、入試システムについての説明があり、最後に三十分ほどの体験授業が行われた。実際に講義を行っている教授が登壇し、高校生に向かって授業をしてくれた。希衣が参加したのはスポーツ科学部だったので、テーマは『人間は身体をどこまで使いこなせるか』だった。

授業を受けていると、先ほどの楓の台詞を思い出さざるを得なかった。希衣はテストは好きではないが、勉強は嫌いじゃない。知識を得る快感は確かに存在するし、それに夢中になる人間の気持ちも分かる。

楓の言葉は間違いなく正しい。だが、桜が腹を立てる心情も理解できる。希衣も桜も、相棒と思っていた人間に置いていかれてばかりだ。

あの後、桜にはメッセージを送ったのだが、見事にスルーされている。もしかすると、桜も今の状況に困惑しているのかもしれない。

「いかがだったでしょうか。皆さんが来年の春に墨田大学に入学してくれることを心よりお待ちしています」

そんな教授の言葉で二時間にも及ぶ説明会は締めくくられた。授業終わりを告げるチャイムが鳴り、教授は教室を後にした。

「第一志望、ココにしよっかな」

「この前の模試、Ｄ判定だったんだけど」

「それはヤバいって」

耳を澄ますまでもなく、周囲の生徒たちからは他愛のない会話が聞こえて来る。大量に貰《もら》った資料を封筒にしまいながら、希衣は席から立ち上がった。


墨田大学のカヌー部の活動場所は、キャンパスから出て少し歩いた場所にある河川敷だ。コンクリートでしっかりと固められた河川敷は絶好のカヌー・ボートスポットとなっており、歩くだけで複数の大学の艇庫を見掛ける。ちなみに、何故他大学の艇庫だと分かるかというと、シャッターにデカデカと大学名が書かれているからだ。

墨田大学のカヌー部の建物は二階建てになっており、一階がトレーニングエリアと艇庫、二階が居住スペースとなっている。簡易的なキッチンやシャワールーム、洗濯機などが完備されており、寝泊まりする学生も多いらしい。これはカヌー部のＳＮＳに書いてあった情報だから間違いない。

「おー！　鶴見じゃねぇか」

きょろきょろと希衣が河川敷を見回していると、ズカズカとこちらに歩み寄って来る人物の姿が見えた。希衣の一つ上の先輩である神田優紀《ゆうき》だ。久しぶりに見る彼女は、黒いTシャツに迷彩柄のハーフパンツという動きやすそうな格好をしていた。短い金髪の上には黒のサングラスが載っている。

「そういや今日はオープンキャンパスだったな。お前も墨田狙《ねら》ってんのか？」

「そりゃ、カヌーの強豪だから興味はあるよ」

「良い知らせだな。大森楓がウチの部に入らねぇって言うもんだから、椿がへこんでるんだよ。『あの子がカヌーを止めるー』なんつってさ」

「まぁ、カヌーをするかどうかは本人次第だからね」

「カヌー馬鹿《ばか》のお前がそれ言うのか？　大人になったねぇ」

「そりゃあどうも。っていうか、あんまり人いないね？　カヌー部、百人超えてるって聞いてたんだけど」

「あー……今日は全員参加じゃねーからな。高校の時みたいにいつでも皆で練習ってわけにはいかねーんだよ。曜日によって授業がある奴《やつ》とない奴がいるし、そもそも学部によってキャンパスも違うしな。これから練習するのは十六時半スタート組だ。今日はそんなに時間がねーから、水上は三十パドル十本だな。一掻きでいかに距離を伸ばせるか意識しながら漕ぐんだ」

「へぇ」

神田から顔を逸《そ》らし、希衣は眼前に流れる荒川を眺めた。川幅が非常に広く、複数人で漕ぎに出ても余裕を持って練習できそうだ。艇庫前にある木製の浮桟橋《うきさんばし》は水上ステージのような構造をしていて、希衣たちが普段使っている浮桟橋とは豪華さが違う。

今日は晴れているということもあり、川で漕いでいる選手も十人ほどいた。特に、カナディアンの選手が目立つ。

「なぁ」

隣に立つ神田は後頭部で両腕を組んでいる。その頭はちょうど太陽の位置にあった。

「お前も来いよ、ウチに。上を目指すなら」

「上って？」

「オリンピックに決まってんだろ」

神田の口端がついと上がる。薄い唇の隙間から鋭い犬歯が覗き見えた。

「関東大会の結果見たぜ。今の伸びだったらお前だって十分戦える。代表選手入りは夢じゃない。アタシたちは、オリンピックの枠を奪い合うライバルだよ」

その視線の真っ直《す》ぐさに、希衣は無意識の内に唾《つば》を呑《の》んだ。神田は嘘が吐けない人間だ。だからこそ、彼女の言葉には重みがある。

「二人も出るんだね。代表選手権」

「当然アタシは出る。けど、堀はな……」

顔の半分だけを器用に歪《ゆが》ませ、神田はガシガシと自身の髪を掻き混ぜた。

「アイツは多分、上には行けない」

「どうして？」

「あのインターハイが、アイツのピークだったから」

希衣は神田の顔を見上げた。眉尻《まゆじり》を下げて微笑する神田の表情は、笑っているようにも今にも泣きそうにも見えた。

「あの時のアイツはさ、アタシと同じ大学に行くことが夢だったから。一度夢が叶《かな》っちまったらモチベを維持するのは難しいんだろうさ」

「……そっか」

「ま、だからさ、お前が一緒の部活で湧別は嬉しいと思うぜ」

「何が『だから』なのか分からないんだけど」

神田はフッと口元を緩めると、その大きな手の平で希衣の肩を叩いた。

「お前が諦めないヤツだからだよ」

「なにを？」

「そりゃあ、一緒に戦うことをさ」

そのままサングラスに手を掛け、神田は自身の目元を隠した。黒いレンズに遮られ、彼女の表情の半分が見えなくなる。

長い腕を上げ、神田はブンブンと手を振った。何事かと思いきや、向こうから堀が駆けて来るところだった。彼女が着ているラベンダーカラーのワンピース型のスポーツウェアの裾からは、黒のハーフタイツが覗き見えている。

「うわっ、希衣ちゃんじゃん。なんでここに？」

「オープンキャンパスだってよ」

堀の問いに、神田が答える。長髪にカチューシャという堀の髪型は高校時代と一緒だが、その耳朶《みみたぶ》には花をモチーフにしたイヤリングがぶら下がっていた。

「あー、そういえばもうそんな時期なんだね。もしかして希衣ちゃん、可愛《かわい》い私に憧《あこが》れて墨田大学に来たくなっちゃった？」

「んなワケないでしょ」

「素直になってもいいのに。ね、神田」

「そういやお前、大学生になってから女友達増えたよな。高校の時はアタシしかいなかったのによ」

「そりゃあ、私の可愛さを理解する人間が増えたってことじゃないの？」

「みんなが大人ってことだろ」

「どういう意味よ」

毛先を手で払い、堀がフンと鼻を鳴らす。神田は愉快そうにクックッと喉《のど》奥を鳴らして笑った。

「こんな堀でも皆と上手《うま》くやれてるんだ。ウチのカヌー部の人間関係が良いってことは保証するぜ」

「説得力が凄い」

「ちょっと！　どういう意味よ」

頬を膨らませる堀に、希衣も思わず笑みをこぼす。堀が今を楽しいと感じているのであれば、彼女の選択は正解だったのだろうと思った。


カヌー部の艇庫を去り、そのまま大学の正門を抜けて帰路に就く。最寄り駅に向かう道中は桜並木が続いていた。今は夏のため、その葉は若々しい緑色をしている。

ＳＮＳをチェックしても、やはり桜からの返信はなかった。希衣はアプリを開き、電話帳からお目当ての相手を見付ける。通話ボタンを押すと、画面には『湧別恵梨香』の文字が表示された。

コール音が繰り返されること数回、電話は繋がった。

「もしもし？」

聞こえて来た声は僅かにくぐもっている。

「あ、湧別さん？　いきなり電話かけてごめん。今、暇？」

「家でトレーニングしていたんですが、ちょうど先ほど終わったところです。先輩は？」

「私はオープンキャンパスに行ってたの。墨田大学」

「どうでしたか、大学は」

「良い所だったよ、綺麗だったし。あと、神田と堀とか大森姉妹にも会った」

「そうですか」

　スマホ越しに、恵梨香がもぞもぞと姿勢を変える音がする。

「寝転んでるの？」

「いえ、ソファーに座っていました。今日も両親は仕事なので、リビングで通話しようかと」

「そうなんだ」

「はい」

「……」

「……」

　関東大会以来、こんな風に恵梨香と二人きりで会話するのは初めてかも知れない。希衣は何度も話し掛けていたのだが、向こうに避けられていたから。

「あの、なんの用事ですか」

電波越しにも、恵梨香が困惑している気配が伝わって来る。いや、困惑だけではない。その声の端々に喜びの感情が滲《にじ》んでいることも、今の希衣なら手に取るように理解できる。

「用はないよ。ただ、湧別さんと話したかっただけ」

「何ですか、それ」

「さっき神田と喋ってさ。インターハイが始まる前に、私、湧別さんとちゃんと向き合わなきゃいけないなって思ったの」

「すみません」

「なんで急に謝るの」

「いや、私がご迷惑を掛けたっていう自覚があるので」

最寄り駅の看板が目に入り、希衣はその場で足を止めた。通行人の邪魔にならないように隅へ寄り、電話を続ける。

「関東大会のこと？」

「そうです。今年は女子の部で優勝できるかもって話をしていたのに、私のせいで台無しにしてしまいましたし。ずっと申し訳なくて」

「それを言うなら、今までは湧別さんのおかげで良い結果を出せてたんだよ。湧別さんのせいなんてことはない」

「ですが、」

「厳しい言い方になるけど、湧別さん一人のせいで大会が台無しになったと思うなら、それは単なる思い上がり。私は別に、関東大会に対してマイナスな感情は持ってない」

「……本当ですか？」

「本当。正直、これが埼玉県大会だったらまた違っただろうけどね」

関東大会は、良くも悪くも独立した大会だ。埼玉県大会と違い、優勝しても次の大会に繋がることはない。

希衣は目を伏せる。瞼《まぶた》の裏側が、眼球を優しく撫《な》でる感覚がする。

「私さ、自分が恵まれてるって自覚がある。高校生活で湧別恵梨香というトップ選手と一緒に漕げていることは、本当に貴重な経験だと思ってる。宝物だよ」

「何ですか、突然」

恵梨香がたじろいだような声を出す。希衣は構わず続けた。

「だけど、いつかは湧別さんと対等に戦える選手になりたい。私も……私も、オリンピックを目指すよ」

スマホを握る手がやけに汗を掻いていた。木にしがみつく蟬《せみ》の鳴き声が、じわじわと聴覚を侵食する。スマホからは呼吸音が聞こえる。それが自身のものなのか、恵梨香のものなのか、希衣には判別出来なかった。

恵梨香が息を吸う気配がする。その喉が微《かす》かに震えた。

「はい」

返事はそれだけだった。だが、それで十分だと思った。

「じゃ、これから電車で長瀞に帰るから。また明日、学校でね」

そのまま通話を切ろうとした希衣だったが、慌てたように恵梨香の切羽詰まった声が滑り込んでくる。

「あの」

「どうしたの？」

「わ、私も、先輩と一緒にいる時間を大事だって感じてます。カヌー部に入って、本当に良かったって」

まるで走り込みの後のように、その息は切れている。勇気を振り絞っての発言であることは明らかで、希衣は自分の頬がじんわりと緩んでいくのが分かった。

「ふふ。なんだかこの感じ、初めて電話した時のことを思い出すね」

「そ、そうですかね」

「……湧別さん、今黒い服着てるでしょ？」

「えっ、なんで分かったんですか」

驚いた声を出す後輩に、希衣は思わず笑い声を上げた。
顔を上げると、雲一つない青空だった。

第五章

ノー・ミュージック・ノー・ライフ

side　舞奈

鼻から空気を目一杯吸い込むと、夏草の青々しい香りが鼻孔《びこう》を通り抜けていった。早朝の波久礼《はぐれ》駅に人影はなく、満ちる静寂を「ホーホッホ、ホッホー」と繰り返されるハトの鳴き声が掻《か》き消している。

ピンク色のＴシャツにジャージのズボン。普段通り練習着に身を包んだ舞奈《まいな》は、自転車のサドルに跨《また》がったまま大きく伸びをした。地面に止まって静止している一羽のハトは鳴く度にふわふわの胸を膨らませている。

舞奈がハトに向かって手を振ると、ハトはギョッとした顔をして飛び立ってしまった。灰色の背中は遠ざかり、木々の中へと吸い込まれるように消えていく。都会に住むハトと違い、田舎のハトは警戒心が強いのだろう。

「……何やってるの」

背後から訝《いぶか》し気な声が聞こえ、舞奈は咄嗟《とっさ》に振り返る。そこにいたのは黒のキャップを被《かぶ》った恵梨香《えりか》だった。黒いジャージのズボンが彼女の脚の長さを引き立てている。

「おはよう。ハトがいたから見てたの！」

「あぁ、キジバト。確かに鳴き声してたね」

「へぇ。あのハト、キジバトって名前なんだ」

「確かね。昔、野鳥図鑑で見たって記憶しかないけど」

自転車に跨ったまま、恵梨香は右足でペダルを逆向きに一回転させた。カラカラ、と重みの無い音が響く。

恵梨香と舞奈は、高校の入学式の日から一緒に通学している。二人の家の最寄り駅である秩父《ちちぶ》鉄道の波久礼駅は、木造建築のレトロな見た目をしている。板を横に並べた白い壁に、入り口に設置されている赤い庇《ひさし》。外壁の塗装はところどころ剝《は》げていて木目が浮き出ているのだが、それもまた味があって良い。乗降者数は一日に大体百人ほどだ。

ながとろ高校の最寄り駅である野上《のがみ》駅には波久礼駅から電車に乗って十分ほどで着く。舞奈も最初は電車で通うつもりだったのだが、なんだかんだあって恵梨香と一緒に自転車での通学が定着した。

朝と夕方。学校の始まりと部活の終わりに恵梨香と自転車で通学するこの時間が、舞奈は大好きだった。

「今日は私と富歌《とみか》ちゃん、低強度でエルゴ九十分なんだ」

トレーニングルームのエルゴメーターの台数は限られているため、使える人数と時間が決まっている。その間に恵梨香・希衣《きえ》はペアの練習を、千帆《ちほ》は舞奈達の補佐を行うことになっていた。

「エルゴね。いいじゃん」

「本当は川で漕《こ》ぐ方が好きなんだけどね。芦田《あしだ》さんがちゃんと筋トレも頑張れって言うから」

「陸トレは大事だよ。選手の中には水上練習よりも重要って言う人もいるからね。芦田さんのおかげで舞奈も記録、かなり伸びたし。身体《からだ》も鍛えられたと思う」

「そうかな」

「うん。見たらすぐ分かる。カッコよくなった」

恵梨香に褒められると嬉《うれ》しくなってしまう。舞奈が思わず笑うと、恵梨香は照れたようにキャップの鍔《つば》を引き下げた。

二人はどちらからともなく自転車を漕ぎ始める。路側帯を通る時は、スペースの関係上縦に一列に並んで走る事になった。恵梨香が先を走り、舞奈が後に続く。

車道と崖《がけ》を区切るガードレールは錆《さ》びつき、白かった部分が鈍《にび》色に変色している。顔を上げると、隣を流れる荒川が視界に入る。岩に囲まれた川の流れは穏やかで、周囲に生える木々の緑が水面に映り込んでいた。空の青と山々の緑が入り混じった、透き通ったエメラルドグリーン。

「昨日ね、鶴見《つるみ》先輩と電話で話したよ」

前を走る恵梨香が言う。その背中を見つめながら、「そうなのー？」と舞奈は大きな声で返事をした。近くを走る車はいないが、川の水音が自分の声を掻き消していないかが心配だった。

「墨田《すみだ》大のオープンキャンパスに行ってたんだって。舞奈、知ってた？」

「そういえばそんな話、前にしてたよ。恵梨香はいなかったから聞いてなかったかもしれないけど」

「そうなんだ。急に電話来たからビックリしちゃった」

「何の話したの？」

「普通の話。鶴見先輩が、オリンピックを目指すって言ってて」

坂に差し掛かり、舞奈はペダルに込める力を強めた。同じ道を進んでいるはずなのに、恵梨香の脚はスイスイとペダルを動かしている。

「なんでかな。電話もらって、嬉しかった」

弾むような声が、舞奈の鼓膜を震わせる。キャップから零《こぼ》れる黒髪が風に乗って揺れていた。

舞奈はサドルから腰を浮かせ、立ち漕ぎの体勢となった。そのまま、全体重を掛けるようにしてペダルを漕ぐ。

「私も、恵梨香を嬉しいって思わせたいな」

「え？」

「恵梨香だけじゃないよ。希衣先輩も、千帆先輩も、富歌ちゃんも。皆が良かったって思えるレースがしたい」

座ったままの恵梨香を、舞奈が追い抜く。白線の外へ飛び出した自転車は、そのまま恵梨香の前に収まった。「抜かされた」とどこか楽しそうに恵梨香が呟《つぶや》く。

「私が出来ること、精一杯頑張るよ」

「うん。応援してる」

振り返って告げた舞奈に、恵梨香は口端を微《かす》かに上げる。下り坂に備えてブレーキに掛けた指に、舞奈が力を込めることはなかった。

一日、また一日と大会まで残された日は減っていく。インターハイが近付くにつれて、芦田がカヌー部の練習に顔を出すことも増えてきた。

よく食べ、よく動き、よく眠る。これが舞奈の健康的な生活の大原則だ。だが、最近はその内の一つが乱れつつある。

「ふぁーあ」

勝手に欠伸《あくび》が出てしまい、舞奈は慌《あわ》てて口元を手で押さえる。インターハイ一週間前のその日は、乗艇練習の予定だった。カヌー部五人は朝から艇庫で乗艇前のストレッチを行っていたのだが、舞奈が眠気に襲われたのはそうしたタイミングだった。前屈をする舞奈の背中を後ろから押していた恵梨香が、不思議そうに顔を覗《のぞ》き込む。

「寝不足？」

「かもー。なんか最近、ドキドキして眠れないんだよ。ベッドに入って目を瞑《つむ》ると、インターハイのことばっかり考えちゃう」

「良いことなんじゃないの」

「今まで遠足とか修学旅行とかワクワクして眠れないことはあったけど、前日だけだったんだよ。こんなに早くからドキドキして眠れなかったことなんてないし、大丈夫かなって心配になっちゃう」

「確かに、いつもと違うのは不安かもしれない」

振り返ると、無表情のまま恵梨香がコクリと首を縦に振った。

その隣で開脚をしていた富歌が「ウワー」と棒読みの悲鳴を上げて床へと倒れ込む。

「土器《どき》さん、どうしたの」

歩み寄って来た希衣に、富歌は「足が攣《つ》りましたー！」と自分の脹脛《ふくらはぎ》を擦《さす》りながら言う。

「ちゃんと水飲んだ？」

「あ、飲むの忘れてたかも」

「脱水じゃないかなぁ。スポドリ飲んでみて」

聞きつけた千帆が奥から紙コップを持って来る。スポーツドリンク特有の柑橘《かんきつ》系のほんのりと甘い香りがした。

「ありがとうございます。天神《てんじん》先輩は優しいなぁ。天神先輩は、」

「含みのある言い方だね。ところで土器さん、脹脛伸ばすの手伝ってあげようか」

「え、遠慮しますぅ！」

「遠慮しなくていいって」

揉《も》み合っている希衣と富歌を眺め、千帆がクスクスと可笑《おか》しそうに笑っている。富歌と希衣の遠慮のないやり取りはいつの間にかカヌー部の日常となっていた。富歌がやり込められるまでがワンセットだ。

コワイコワイと騒ぐ富歌の背中を押しながら、希衣がこちらへと顔を向ける。

「冗談はさておき、黒部《くろべ》さんも湧別《ゆうべつ》さんも体調には気を付けてよ。もうすぐ大会なんだから」

「はい」

二人分の返事が揃《そろ》った。眠気を追い払おうと、舞奈は右の瞼《まぶた》を手で擦《こす》った。

ポニーテールの先端を揺らしながら希衣が立ち上がる。何かを思い出したかのように、彼女は不意に眉根《まゆね》を寄せた。思案するように顎《あご》を擦《さす》りながら、おずおずと切り出す。

「そういえば二年の子達に結構大事な話があるんだけどさ」

「大事な話をこんなところでしていいんですか？」

「もう、一年生は黙って聞いてて」

「はーい」

富歌も茶化すつもりはなかったのか、あっさりと身を退《ひ》いた。舞奈と恵梨香は顔を見合わせる。

「大事な話って何ですか？」

「それは――」

「来年、部長と副部長をどっちが担当するかって話だよ」

希衣の言葉を遮ったのは、千帆の優しい声音だった。二つに束ねられた黒髪の結びめをきつく縛り直しながら、千帆が歩み寄って来る。

「私と希衣はそろそろ引退だからね。その件について二人で考えてもらわないといけないなぁって希衣と話してたんだ」

「私らは口出ししないって決めてるから、判断は二人に任せる。自分達の納得いく方法で決めたら良いと思うよ」

部長。副部長。引退。判断。

今の今まで受け入れることを漠然と拒否していた単語たちが、舞奈の眼前に一斉に並んだ。

表情を変えないまま、恵梨香が首を傾《かし》げる。

「納得いく方法って、じゃんけんとか？」

「あっちむいてホイでもいいんじゃないですか」と富歌が他人《ひと》事《ごと》のように言う。舞奈は勢いよく右手を挙げた。こういう時は先手必勝だ。

「ハイ！」

「どうぞ、黒部さん」

まるで司会者のように希衣が舞奈の方に手の平の先端を向ける。

「部長は恵梨香がいいと思います！」

「って、黒部さんは言ってるけど」

「私は舞奈が部長になるのが良いと思います」

力強く断言され、舞奈は思わず恵梨香の顔を凝視した。

「恵梨香はカヌー部のエースだし、絶対に恵梨香の方がいいよ。カッコイイし！」

「カッコイイのは全く関係ないのでは？」と富歌が呟く。恵梨香は首を左右に振った。

「私は来年、学校外の活動で忙しくなるから。部長として動くのは舞奈の方が良いと思う」

「学校外の活動っていうのは――」

「オリンピックだよ」

舞奈の語尾を引き取るように、恵梨香が続けて言った。オリンピック。オリンピックか……。なんと壮大で説得力のある理由だろう。

「それを言われると納得しちゃうなぁ」

「じゃ、来年の部長は舞奈先輩ってことで！」

「エエッ、そういうことになるのか！」

「なりますなります。良いじゃないですか、舞奈部長。良い響きですよ」

富歌がウインクをして親指を突き立てる。舞奈はオロオロと恵梨香を見たが、彼女もまた不格好なウインクをこちらに飛ばし、グッと親指を立てて見せた。

希衣が舞奈の肩を優しく叩《たた》く。

「決まりだね」

「決まっちゃった！」

生徒会の役員や学級委員どころか班長にすらなったことのない自分に、果たして本当に部長なんてものがやれるのか。

慌てふためく舞奈に、「舞奈ちゃんなら大丈夫だよ」と千帆が根拠のないエールを送った。

小学生の時の学級委員長の西野さんはクラスで一番成績が良かった。舞奈が宿題で頭を悩ませているといつも解き方を教えてくれて、掃除の時間には誰よりも丁寧に箒《ほうき》で床を掃いていた。クラスで一番の真面目《まじめ》な子、それが西野さんだった。

中学校の三年生の時の水泳部の部長は凛《りん》だった。一年生の頃からしっかり者で、誰よりも働き者だった。舞奈がうっかりミスをしてもフォローしてくれて、皆から頼られている存在。それが凛だった。

舞奈のリーダーに纏《まつ》わるイメージは、大体はそんな感じだった。希衣先輩だってそう。キビキビハキハキしていて、如何《いか》にもリーダーという感じがする。

どれだけ楽観思考の舞奈といえど、自分が部長に向いているとはどうにも思えない。だが、先輩から任されたからには頑張るしかない。今までだって楽しくやれてきた。これからだって、上手《うま》くやれる。きっと。

「せーのっ！」

掛け声と共に、一斉に飛沫《しぶき》が上がる。水面に差し込むのは右から、前に座る希衣の背中を凝視し、その動きと少しでも同じになるようパドルを動かす。

舞奈が部長に決まってからたった三十分後に、フォアの練習は開始された。岸では富歌が漕いでいる最中の様子を撮影している。

自分よりも前にパドルを差し込み、そちらへ艇を引き寄せる。基本的にカヌーはその動きの繰り返しだ。一人×四の力が合わされば、シングルの時よりもずっと大きなパワーが生まれる。

「黒部さん、遅れてるよ」

希衣の指摘に、舞奈は「はい！」と息を切らしながら応《こた》える。他の三人に比べると、やはり舞奈はまだまだ実力が足りない。


その日の練習は十六時に終わった。ハードな練習は筋肉への負荷が大きいので、本番前の時期は早めに切り上げることになっている。ライフジャケットを身に着けたまま、舞奈は浮桟橋《うきさんばし》の上で屈伸する。下半身がずっと同じ姿勢だったため、少しばかり息苦しさを感じていた。

「舞奈、お疲れ」

飛沫で濡《ぬ》れた髪を、恵梨香はタオルで拭《ぬぐ》っている。舞奈がフォアに乗り始めた頃は自分が原因でバランスを崩してうっかりと沈《ちん》することもあったが、今ではかなり安定するようになった。ゴールまでは確実に辿《たど》り着く。

「お疲れ様！　もうヘトヘトになっちゃった」

希衣と千帆は川からフォア艇を引き上げている。ＮＥＬＯと書かれたロゴが、艇の滑らかな側面で光っている。

「舞奈ちゃん、頑張ってたよ」

「目標タイムにはまだ届いてないけどね。黒部さんならもっと出来るでしょ」

希衣がスッパリと言い切る。千帆は肩を竦《すく》めた。

「もう、厳しすぎるよ」

「千帆は飴《あめ》しかあげないんだから、私が鞭《むち》になるしかないでしょ」

希衣は艇の端を掴《つか》んだまま、舞奈に試すような一瞥《いちべつ》をくれる。舞奈は大きく頷《うなず》いた。

「大丈夫です！　愛の鞭だって分かってますから」

「勝手に愛がトッピングされてる」

苦笑する希衣の隣に立ち、舞奈もカヌー艇を支える。恵梨香もタオルを首に掛け、艇を運ぶのを手伝った。フォア艇は約十一メートルもあるため、重さも長さも他の艇とは桁違《けたちが》いなのだ。

希衣を先頭に、四人で艇庫へとカヌーを運ぶ。雑草を踏む度に、サンダル越しに柔らかな感触が足の裏に食い込む。

「私も、舞奈はもっと出来ると思う」

舞奈の後ろで、恵梨香がぽつりと呟く。両腕でカヌーを支えたまま、舞奈は首だけで後ろを振り返った。

「恵梨香もそう思う？」

「うん。舞奈の一番の課題はスタートダッシュのムラだと思う。レースごとにパドルを動かすリズムが……つまり、回転数が違うから、タイムが安定しないんだと思う。出だしから理想のペースでパドルを動かせたら、最初のタイムロスは無くなる気がする」

「でも、自分がどれぐらいのペースで漕ぐのがいいかなんて、実際に漕いでみないと分からなくない？　いっつも、乗ってしばらくしてからこんな感じだったなって思い出すの」

「音楽聞けば？」

希衣の発言に、舞奈は「どういうことですか？」と首を傾げる。カヌーを漕ぐペースと音楽に何の関連性があるのか分からなかった。

だが、恵梨香は納得したようだ。無表情のまま、「確かに」と頷いている。

「舞奈、曲を探そう」

「恵梨香まで？　曲って一体なんの？」

「自分のペースに合う曲だよ」

恵梨香はそう言って、ジャージのズボンのポケットからスマホを取り出した。スピーカーから再生された曲は、舞奈の知らない洋楽だった。随分とアップテンポだ。

「蘭子《らんこ》さんに勧められたの。本番前に何をしたらいいですかねって私が相談した時に、

『曲を聞いたら？』って。漕ぐ時のリズムと同じテンポの曲を聞けば、自然とリズムが定着するから」

「そもそも、それを利根《とね》蘭子に教えたのは大森椿《おおもりつばき》だけどね。小学生の時にあの子は後輩達にそうやって言ってたの。私もそこから曲を聞くようになったし」

「私は自分に合ってなくて止《や》めちゃったんだけどね」

眉尻《まゆじり》を下げ、千帆が微笑《ほほえ》む。希衣の話を聞いていると、小学生からカヌーをやっている人達の結びつきの強さを実感する。

「曲……曲かぁ……」

脳内のアルバムを検索しても、あまりピンとくるような曲はない。そもそも舞奈はあまり音楽に興味がなかった。

だが、もしもそれで少しでも上達するのならば、試してみる価値はあると思った。


カヌーに合った曲を探す。そのミッションを掲げて舞奈が最初に検索したのはYouTubeだった。その後、サブスクで検索を掛けたり、友達に好きな曲はないかと聞いたりもしたのだが、どれもピンとこない。そもそも舞奈はゆったりとした曲が好きなため、パドルの動きにちょうどいいアップテンポの曲は好みではなかった。

そうこうしている内に、時は過ぎていく。練習、帰宅。練習、帰宅。高校と家を往復している間に、インターハイが迫って来る。舞奈は部活用のリュックサックを自室の学習机に置くと、大きく息を吐き出した。

　部屋の壁に飾ったカレンダーは、一日経つごとに一日分のマス目に斜線が引かれていく。七月の日付欄は全《すべ》て斜線で埋め尽くされ、既に八月に到達していた。

　八月三日が開会式。そして、八月四日から七日が競技日程だ。八月四日・五日は５００ｍ、六日・七日は２００ｍのレースとなる。

「台風が接近するかもって天気予報が出てるけど大丈夫か」

　舞奈がリビングへ移動すると、開口一番、父からそう聞かれた。リビングのテレビに映し出されていたのは、夕方の天気予報だった。一緒に住んでいる祖父と祖母はソファーでのんびりと過ごしており、父はダイニングテーブルで雑誌を捲《めく》って読んでいた。

　舞奈は父の正面の椅《い》子《す》に座った。テーブルの上には祖母がチラシを折って作った器が置かれており、その中には個包装のお菓子が入っていた。雪の宿、ルマンド、白い風船、寒天ゼリー。黒部家に常備されているお菓子のラインナップは大体いつも同じだ。

「うーん。台風が来たら基本的には中止みたい。けど、台風が来るのは早くても六日って聞いたから、５００ｍのレースは大丈夫じゃないかなぁ」

「やけに大会日程が長いと思ってたが、レースの距離が違うんだったか」

「うん。お父さん達も来るんでしょう？」

「せっかくの機会だからな。今年は舞奈が出るからって、おじいちゃんもおばあちゃんも張り切ってるんだ」

「そうなの？」

思わずソファーの方を見ると、祖母がその場でヒラヒラとミニフラッグを振った。旗の部分にはながとろ高校の校章であるセキレイのイラストが描かれている。

「おばあちゃん、それどうしたの？」

「ご自由にお持ち帰りくださいって天神堂のレジ横に置いてあったから貰《もら》って来たの。冷蔵庫にフルーツ大福があるから、食後にみんなで食べようね」

「やったー」

千帆の実家である天神堂は長瀞《ながとろ》で人気のある和菓子屋だ。無邪気に笑う舞奈の横で、父は感心した様子でミニフラッグをまじまじと見つめている。

「父さんも横断幕とか作った方がいいかな」

「わざわざ作らなくて大丈夫だよ、大変だと思うし」

「そうか」

「それより、おじいちゃんとおばあちゃんが熱中症にならないように気を付けてあげてね。近くに屋根がないから日差しが強いと思う」

「そこらへんは他の保護者の人に聞くよ。舞奈は明日から鹿児島入りだろう？」

「うん。飛行機で行くよ。皆でお泊まりするの、楽しみなんだ」

「青春だなぁ」

しみじみと呟く父に、舞奈は思わず笑ってしまう。

「普通に部活してるだけだよ」

「学生時代に普通に過ごした時間が、青春ってやつなんだよ」

「お父さんも青春した？」

「したよ。父さんはフォークソング部だったから……っていっても、舞奈はフォークソングなんて知らない世代か。母さんとも大学のフォークソングサークルで会ったのがきっかけで——」

そこで失言だと思ったのか、父は口を噤《つぐ》んだ。母の話をするのは離婚してから随分と久しぶりだった。舞奈は紙製の器から雪の宿を取り出す。白い蜜《みつ》が掛かったせんべいで、舞奈の幼い頃からの好物でもある。

個包装の封を開け、舞奈は何も気にしていない風を装《よそお》ってその端を齧《かじ》った。しょっぱさの中に、ほんのりとした甘さを感じる。

「嬉しいよ、お父さんとお母さんの話を聞けるのは」

「そ、そうか」

「どんな曲を聞いてたの？」

「そうだな。『岬《みさき》めぐり』なんかが好きだったな。舞奈が生まれるよりずっと昔の曲だよ」

「へぇ！　聞いてみる」

　スマートフォンで題名を検索すると、すぐに動画が出て来た。再生ボタンを押した途端、温かみのあるアコースティックの音色が部屋に響き渡る。その柔らかな歌声に耳を傾けていると、祖母が「懐《なつ》かしいわねぇ」と拍子に合わせて手を打ち始めた。

　手を叩く音が、一定のリズムを刻む。祖父にとっても懐かしい曲なのか、祖母の顔を見ながら楽しげに目を細めている。寄り添う二人に合わせ、舞奈も肩を揺らして音楽に身を預けた。

　いよいよサビがやってくるというところで、舞奈は妙にこのリズムが自分の身体にしっくりくることに気が付いた。右に、左に。パドリングするように腕を動かすと、とても心地が良い。

「こ、これだ！」

　恵梨香が見本に出した曲がスタイリッシュな洋楽だったから、自分のベストの音楽を見つけるのに手間取ってしまった。喜びで両腕を揺らす舞奈を見て、「ダンシングフラワーみたいだな」と父が笑いながら言った。

そして迎えた、インターハイ前日。ながとろ高校カヌー部と芦田、檜原《ひのはら》の七人は皆で飛行機に乗って鹿児島へと向かった。

席の関係上、舞奈は芦田、檜原と並んで三列シートに座った。芦田は離陸した直後は飛行機内で読めるウェブ雑誌に目を通していたのだが、早々に飽きたらしかった。

「そういえば希衣先輩と恵梨香に勧められて漕ぐ時の脳内BGMを決めたんですよ」

舞奈が話しかけると、芦田は珈琲《コーヒー》の入った紙コップから口を離した。

「何の曲にしたんだ？」

「『岬めぐり』です」

「へぇ。黒部さん、良い趣味してるねぇ」

「お父さんが好きな曲だったみたいで。私、お父さんが大学生の頃の話って初めて聞きました。大学って楽しいのかなぁ」

「楽しかったよ、少なくとも俺は。大学は人生の夏休みって言う人間もいるくらいだしな」

「大学が人生の夏休みだったら、高校はなんて言うのが正解なんですかね」

「うーん。人生の進路指導時間とか？」

「夏休みに比べて楽しそうな響きじゃないですね。だったら春休みの方が良いなぁ」

唇を尖《とが》らせた舞奈に、芦田は肩を竦めた。右手にある窓からは、飛行機の羽根がちょうど見えている。舞奈が窓際《まどぎわ》の席がいいと言い張ったため、一番端の席を譲ってもらったのだ。

　機体は既に雲の上にあり、見渡すかぎりクリアな青色だけが広がっている。

「進路を決めるって楽しいと思うけどな。自分の未来を自分の選択で決めるって、ワクワクしないか？」

「ワクワクもしますけどドキドキの方が大きいです」

「どっちも似たようなもんだ。俺も喫茶店のオーナーになると決めた時はワクワクドキドキしたもんさ。ついでに、店を買うためにローンを組んだ時は足が震えてガクガクだったね」

「そういうものですか」

「そういうもんだよ」

　紙コップの底を包むようにして持ち、舞奈はオレンジジュースを口に含んだ。

　芦田の隣に座る檜原は、朝が早かったせいかすっかり寝入っている。両腕を組んだまま前傾姿勢になった彼女の頭はカクカクと揺れている。

「黒部さんも、自分が後悔しない道に進めるよう色々と頑張らないといけないな」

「そ、それってもしかして、この前の英語のテストが赤点だったことを言ってますか？」

「檜原先生から聞いたよ。部活も大事だが、勉強だって大事だぞ」

「ひゃい……」

至極真っ当なことを言われ、舞奈はがっくりと肩を落とした。部活を引退しても、高校生活は続く。

希衣や千帆は今、どんな風に感じているんだろう。ふと、そんなことを考えた。

東京の羽田空港から鹿児島空港までは、二時間程で到着する。それからレンタカーショップでミニバンを借り、まずは競技場へと移動した。

菱刈《ひしかり》カヌー競技場には既に全国から高校生たちが集まっており、乗艇練習を行っていた。各都道府県に分かれてテントを設置し、基本的にはそこを待機場所として使用する。テントの形は様々だが、運動会などで使用されるイベント用テントであることが多い。競技場は屋外にあり、すぐそばにはトレーニングセンターがある。着替えなどは専《もっぱ》らここで行う。

「うわぁ、お祭りみたいですね！」

富歌が珍しく無邪気な歓声を上げる。立ち並ぶ幟《のぼり》や、出店のようにずらりと並んだ本部テントを見ると、舞奈だってテンションが上がって来る。

「お揃いでインターハイのTシャツ買う？」

「なんですか？　それ」

「たまに希衣先輩達が着てるやつだよ。売店に行ったら、インターハイのグッズが販売されてるんだ。タオルとかマスコットのぬいぐるみとか」

「へえ！　今までの大会と規模が全然違うんですね」

眼鏡のレンズの奥で、富歌が目を輝かせる。「買い物もいいけど、まずは練習ね」と希衣が呆《あき》れたように言った。

インターハイの開会式は八月三日だが、それは大会日程の第二日目にあたる。第一日目である八月二日——つまり今日は何をするかというと、公式練習と検艇・ライフジャケット点検だ。全国から集まった高校が一斉に練習に取り掛かるとパンクしてしまうので、高校ごとにスケジュールが決められている。

二日目も公式練習と検艇・ライフジャケットの点検が順番に行われる。生徒達のそうした活動中に、大人たちは全国委員会や監督会議を開いている。そしてその後、十五時から開会式が行われるという予定だ。

「食べ物には気を付けること。あと、冷たいものを飲みすぎないように」

「はい！」

真面目な顔で告げる希衣に、舞奈は元気よく返事をした。掛布団《かけぶとん》はしっかり掛けて眠ろうと思った。

『全国高等学校総合体育大会カヌー競技大会』

そう書かれた幟が、吹き付ける風によってバサバサと激しく翻《ひるがえ》っている。

第三日目――５００ｍ競技予選は、曇天の中で始まった。第二日目の開会式の時は小雨が降っており、空は悪天候と少しマシな天候を繰り返している。青空なんてものは鹿児島に来てから一度も見ておらず、選手達もしっかりと寒さ対策を行っている。陸に比べて、水上は特に冷えるのだ。

「インターハイのスケジュールだが、今日と明日は５００ｍのレースとなっている。普段の大会に比べてとにかく参加数が多いから、絶対に遅刻しないように前もって行動するよう気を付けてくれ」

「はい」

芦田の言葉に、ラッシュガードを着た部員達が返事をする。待機場所であるテントで、ながとろ高校カヌー部のメンバー達はレース直前のミーティングを行っていた。

「ながとろの出番は九時からの第十一レースＷＫ‐４の予選、十時半からの第二十六レースＷＫ‐１の予選、十三時十八分からの第四十二レースＷＫ‐２の予選。そして、予選を勝ち抜けばＷＫ‐４の準決勝レースに出場することになる。ＷＫ‐１、ＷＫ‐２の準決勝は明日だ」

舞奈と千帆の出番はＷＫ－４のレースだけだ。だが、希衣と恵梨香は他のレースにも出場するため、負担が重い。

「みんな、無理せずにね。体調不良かもって思ったらすぐに先生に言うこと」

鍔《つば》の広いハットを被った檜原が、五人の顔を一人ずつ順に見る。舞奈達と同じユニフォームを着た富歌が、居心地が悪そうに頬を掻いた。

芦田が手で庇を作り、川の向こうを見遣《や》る。遠くに見える山々はなだらかで、空の様子がよく見える。分厚い鼠《ねずみ》色の雲が空を覆《おお》い、不穏な空気を漂わせていた。

「天気予報によると、台風が接近しているそうだ。レース自体がいつ中止になるかも分からない。特に、鶴見さんと天神さんはこれが最後のインターハイになる。どんなことが起きようと後悔のないよう、一つ一つのレースを目一杯楽しんでくれ」

「はい！」

希衣と千帆の表情が引き締められる。舞奈はラッシュガードの裾《すそ》をぎゅっと握り締めた。最後という言葉が胸をしめつけた。

舞奈も出場したＷＫ－４の予選レースは、正直に言って余裕だった。八割ぐらいのペース配分で行こうという希衣の指示に従って漕いだが、それでもながとろ高校はトップ通過だった。

予選レースは第四組まであり、そこから準決勝に進む条件は各組の上位六位以内＋残りチームのベストタイム三チームだ。つまり、参加するチームのほとんどが次に進む。だが、準決勝から決勝に進出するとなると途端にその門は狭くなる。各レースの上位二チームと残りチームのベストタイム三組が決勝レースへと進む。準決勝レースは第三組まであるが、決勝レースは一組のみだ。

準決勝から決勝までの枠が少ないのはＷＫ－４に限った話ではなく、ＷＫ－１、ＷＫ－２でも同じである。今年のＷＫ－１の参加数は都道府県の数と同じく四十七艇。その内、決勝レースに進めるのは僅《わず》か九艇しかない。優勝するのは、その中のたった一艇だけだ。

レース後に休憩に入る舞奈と千帆と違い、恵梨香と希衣は忙《せわ》しない。

「二人共、頑張ってね」

「リラックスリラックス！」

舞奈と千帆の応援に、希衣は手を挙げて、恵梨香はコクリと首を縦に振ることで応じた。富歌や檜原、芦田が観戦エリアで他校のレースを見守っていたが、舞奈と千帆は少しの間観戦を休むことにした。５００ｍレースの後は、体力の消耗が激しいからだ。

テントの中には青色のレジャーシートが敷かれており、舞奈と千帆はそこに座る。

「舞奈ちゃん、身体冷えてない？」

「ちょっと肌寒いかもしれないです」

「夏なのに、本当今日は冷えるよね。ラズベリーティーを持ってきたから、それを飲みながら休憩しよ」

ステンレス製の水筒から千帆が紙コップへと紅茶を注ぐ。白い湯気が立ち上り、辺りには甘い香りが漂った。

「あとこれ。皆で食べようと思って持ってきたの」

そう言って千帆が取り出したのは、小さな饅頭《まんじゅう》だった。俵型の饅頭の表面に、十万石と焼き印が押されている。

「風が語り掛けます」

思わずＣＭのフレーズが口を衝《つ》いて出た。千帆がふふふと笑みをこぼす。

「『うまい、うますぎる』だね」

「私、なんだかんだで初めて食べます。十万石まんじゅう」

「おばあちゃんのお友達が手土産に持ってきてくれたの。家に三箱あるから一箱持って行けって言われて」

「和菓子屋さんに手土産でお饅頭を持って行くことってあるんですね」

「こういうのは別物だからねぇ。貰うとつい食べちゃう」

一口頬張ると、断面からはぎっしりと詰まった餡子《あんこ》が覗いた。こしあんは上品な甘さで、白い皮はもっちりとしている。

「美味《おい》しいですね」

「ね」

一個目はすぐに食べ終わり、舞奈は二個目に手を伸ばす。舞奈がもぐもぐと饅頭を頬張っている間、千帆は紙コップを膝《ひざ》の上に置いて遠くを見遣った。

「今日ね、おばあちゃん達も応援に来てるんだ。お母さんもお父さんも、叔母さんも海《う》美《み》ちゃんも」

「私もお父さん達が応援に来てます。あと、お兄ちゃんも来てるんですけど」

「インターハイだもんね。希衣の家族も応援に来てた。皆、私達が頑張るところを見たいんだと思う」

その声が陰りを帯びていることに気付き、舞奈は咄嗟に千帆の顔を見る。千帆の視線は未《いま》だに遠くに向けられたままだ。

「それって、ダメなことですか？」

「え？」

千帆がこちらへと顔を向ける。その両目は驚きで見開かれていた。

「いや、千帆先輩が悲しそうな顔をしてたので……」

「あぁ、ごめんね。悲しいんじゃなくて、なんだか色々と込み上げて来て」

「色々ですか」

「うん。このインターハイが、私にとっては最後の大会になるって実感が湧《わ》いたというか、ね。インターハイに出るのはね、ずっと希衣の夢だった。私の夢じゃなくてね。私は、とっくの昔に色々なことを諦《あきら》めてたからさ」

千帆はそう言って、何気ない素振りで人差し指をレジャーシートの上で真っ直《す》ぐに滑らせた。目には映らない透明な線は、彼女の指の動きの痕跡《こんせき》だ。

一本の線が、そこに引かれる。

「だから、今こうして自分が選手として参加できることが信じられない。嬉しいし、奇跡みたいなことだと思ってる。負けたくないの。私、勝ちたい。どうしても決勝の舞台に立ちたい」

千帆が拳《こぶし》を握り込む。普段は柔らかな彼女の手の甲にごつごつとした骨が浮き出てきた。皮膚の下に青く透ける血管を、舞奈はじっと見つめる。負けたくないの。その言葉が舞奈の血に溶け込み、全身を駆け巡る。

「勝ちましょう、絶対！」

舞奈の言葉に、千帆が力強く頷く。準決勝レースで上位二位に入ることさえできれば、決勝レースへの進出は確実だ。

Ｋ－１、Ｃ－１の予選レースが終わると、いよいよＷＫ－１の予選レースの始まりだ。ＷＫ－１の予選レースは第一組から第五組まであり、その中から準決勝に進むメンバーが決まる。

　ながとろ高校からＷＫ－１に出場するのは恵梨香のみ。その後、昼休みを挟んでＷＫ－２の予選レースが行われる。

　５００ｍのレースコースは長く、応援するスペースは十分にある。ながとろ高校カヌー部の関係者達は一箇所に集まり、談笑しながらレースを観戦していた。保護者と家族が大半といえど、なかなかの人数だ。

「私、おばあちゃんと話してくるね」

　そう言って千帆は家族の元へと駆けて行った。舞奈は檜原と共にしゃがみ込む富歌の隣で足を止める。ビデオカメラを構える富歌は、先ほどから真剣な面持ちでレースではなく他校の生徒をチェックしていた。

「あ、先輩お疲れ様です。今さっき、めちゃくちゃイケメンがいたんですよ」

「土器さんってば元気よねぇ」

　うららかに笑う檜原の両目はサングラスで隠れて見えない。日差し対策に余念がない檜原は、悪天候の時でもしっかりと日焼け止めを塗っていた。舞奈も一年生の頃は日焼け対策をしていたが、最近はサボりがちだ。飛沫や汗ですぐに流れ落ちてしまうからだ。

「恵梨香の出番、もうすぐですね」

プログラムに目を通し、舞奈はレースの順番を確認する。恵梨香が参加するのは第五組、WK－1の最後の組だった。ちなみに、第四組には利根蘭子が出場する。有名選手が出場するということもあり、応援スペースは先ほどからどんどんと人が増え続けている。

「ま、他の学校の人達なんて湧別先輩の敵じゃないですよね。さっきのWK－4の予選レースだって、ながとろがぶっちぎりでしたよ」

「私からすると、なんだか信じられない光景だったわ。鶴見さんと天神さんがずっと二人で練習していたのを見てたから」

サングラスを外し、檜原が目元を指で拭う。目の縁に塗られたラメ入りのアイシャドウが、彼女の親指の腹に付着した。

「閉鎖されるカヌークラブから備品を運び込んでね。三人で部室を掃除して、道具を揃えて。あの頃は、天神さんが農園部に行っちゃうと、鶴見さんが一人きりになっちゃったのよね。鶴見さん、ずっと黙々と一人で練習してた」

「昔からストイックだったんですね」

富歌が神妙な面持ちで頷いた。その口元は茶化したそうにウズウズとしていたが、さすがに空気を読んだのだろう。

檜原は再びサングラスを掛け直した。

「黒部さんと湧別さんが部員になって、さらに土器さんまで入部してくれた。皆が賑《にぎ》やかにしてるところを見てると、ちょっとじんとしちゃうのよね。楽しそうな皆の姿を見てると嬉しくて」

「私も、檜原先生が嬉しいと思ってくれたら嬉しいですよ！　嬉しいのリサイクルですね」

「さすがは次期部長。良いこと言いますね」

富歌がぱちぱちと拍手する。その時、設置されたスピーカーからアナウンスが流れてきた。そろそろＷＫ－１第五組の出艇だ。

「恵梨香の出番だ」

舞奈の言葉に、富歌は慌ててビデオカメラを構えた。それまで雑談していた保護者達も会話を止め、スタート地点を食い入るように見つめている。

遠くから響き渡る、スタートを告げる発砲音。

横並びだった九艇はすぐにその列を乱した。第七レーン、恵梨香の艇が飛び出したのだ。

その速度は圧倒的だった。瞬《まばた》きしている間に他の艇を引き離し、あっという間にゴールラインを通過する。

「うわっ、湧別先輩まじやば。ダントツ一位じゃん」

「予選だから力をセーブしてるのにね。やっぱ恵梨香って凄《すご》いや」

そして、そんな恵梨香と一緒に漕ぐ以上、ながとろ高校にはある程度の結果が求められる。WK－2のレースで希衣と恵梨香のペアが活躍するのは間違いないだろう。では、WK－4は？

舞奈はもう一度プログラムへと視線を落とす。WK－4の準決勝は今日の最後のレースだった。

幼い頃から、舞奈は勝敗にこだわるタイプの人間ではなかった。運動会の徒競走で一位になれなくて悔しいと思ったことがないし、中学校で水泳部に入っていた時だって、楽しいのが一番というスタンスで毎日プールに通っていた。

舞奈は楽しいことが好きだ。何かを楽しむことが好き。

それは今だって変わらないけれど。だけどちょっと変わった部分もある。

WK－2の予選レースが終わり、いよいよWK－4の準決勝レースが始まるというところだった。舞奈達は支度を始め、ユニフォームの上からライフジャケットを装着している。富歌を含めた他の部員達から少し離れた場所で、舞奈は一人イヤホンを耳に挿して「岬めぐり」を聴いていた。パドリングのリズムを掴むためだ。何度も聴き、頭の中で曲を再現できるようになったところでようやくイヤホンを耳から外す。お揃いのキャップを被り直し、舞奈は誰に聞かせるでもなく「よしっ」と呟いた。その時、

「舞奈」

低い声で名を呼ばれ、舞奈は驚いて振り返った。見ると、競技場の観戦スペースから一人の男性が通路へとやって来るところだった。

大久《おおく》保《ぼ》奈《な》音《おと》。舞奈の三つ上の兄だ。

「お兄ちゃん！　久しぶりだね」

舞奈は思わずその場で飛び跳ねる。兄は黒縁眼鏡を指で押さえると、柔和に微笑した。

「父さん達にも会ったよ。さっきの女子ペアのレースでおばあちゃん、旗を振ってた。舞奈の学校の二人、本当に速いんだな」

「まだ予選だからってのもあるかも。お兄ちゃん、一人で来たの？」

「うん。実はさ、彼女の応援で来たんだ」

「彼女！」

素《す》っ頓狂《とんきょう》な声を上げてしまったのは、兄に恋人がいる状況を想像出来なかったからかもしれない。中学、高校と全く異性に興味がなさそうだったのに。

「お兄ちゃん、カヌー部の人と付き合ってるの？」

「うん。舞奈にも紹介しようと思ってたんだけど、きっかけがなくて」

「えぇっ、どこの学校の子なの？」

「実は――」

「黒部さん、そろそろスタンバイだけ、ど……」

会話中にこちらへと駆け寄ってきた希衣の言葉は、半端なところで途切れた。兄を見る希衣の両目はこぼれ落ちんばかりに見開かれ、その口は開いたまま固まっている。兄はというと、困ったように自身の頬を掻いていた。

「あの、どうしたんですか？」

「どうしたもこうしたも、黒部さんこの人と知り合いなの？」

「知り合いっていうか、お兄ちゃんです！　前に話した、墨田大学に通ってる」

「大久保奈音です。先日はどうも」

兄が軽く会釈《えしゃく》する。希衣は舞奈と兄の顔を交互に見つめていたが、やがて何かに気付いたように天を仰いで自身の額をぺちんと叩いた。「そういえばお姉さんも大久保だった……」と希衣が呟く。

「先日って？」

「墨田大学で会ったんだよ。鶴見さんはオープンキャンパスに来てたみたいで」

舞奈の問いに、兄が淀《よど》みなく返事をする。混乱している様子の希衣だったが、気を取り直すようにコホンと軽く咳払《せきばら》いした。

「あの、黒部さんに彼女のことは……？」

「ちょうど今、伝えようとしていたところです。まさか、鶴見さんが舞奈と同じ高校に通っていたとは知らなくて驚きました」

「お兄ちゃん、そんなことより早く相手を教えてよ」

舞奈が腕を摑んで揺すると、兄は照れたようにはにかんだ。

「舞奈が知ってるかは分からないんだけど……千葉県にある小見山《おみやま》高校の大森楓《かえで》さんだよ」

「ええっ！　あんなに美人な先輩とお兄ちゃんが！　なんで？　奇跡？」

「黒部さん、かなり失礼なこと言ってるよ」

希衣がぼそりと呟いたが、そんなことに気が回らないほどに舞奈は衝撃を受けていた。

「俺も釣り合わないと思ったから、付き合うなら高校卒業まで待った方がいいんじゃないかって言ったんだけど、楓ちゃんがどうしてもって」

惚気《のろけ》る兄に、希衣が「楓って意外と積極的なんだ……」と感心したように顎を擦《さす》った。

舞奈は自分の両手で頬を挟む。

「なんかびっくりだ。お兄ちゃんと楓先輩が結婚したら、義理のお姉さんになるってこと？　きゃーっ」

「いやいや、流石《さすが》に先走り過ぎでしょ」

希衣はすっかり呆れている。だが、兄は満更でもないようだった。

「希衣、舞奈ちゃん。そろそろスタンバイだよ」

話し込む二人に痺《しび》れを切らしたのか、千帆がこちらに向かって声を掛ける。その隣では、富歌がブンブンと手を振っていた。

兄は舞奈へと向き合う。彼の目線は、舞奈の記憶の中のものよりも高い位置にあった。背が伸びたんだ、とそこで気付く。

「小見山高校のことも応援するけど、舞奈達のことも応援してるから。母さんや姉さんにも舞奈のムービーを撮って来てって頼まれてるし。ま、とにかく頑張れ」

兄の言葉に、舞奈が笑顔で応える。

「うん！　頑張って来る」

浮桟橋からフォア艇に乗り込み、四人でスタンバイ場所に移動する。ながとろ高校カヌー部は第五レーン、最も中央のレーンを指定されていた。

フォア艇の先頭に座るのは恵梨香、その後に希衣、舞奈、千帆が続く。ストレッチャーに置いた足の場所がおかしくないかを確認し、舞奈は姿勢を定める。シャフトをしっかりと両手で握り締め、舞奈は何度も深呼吸を繰り返した。

「今日は風が出てるから、沈することだけは避けよう。普段通りの実力を出せば絶対に決勝に行けるから」

「はい」

希衣の言葉に、三人が返事をする。一番前に座っている恵梨香が、不意にこちらを振り返った。

「舞奈」

「なあに？」

「楽しもう」

恵梨香から言われるとは思ってもみなかった台詞《せりふ》だ。足の指の付け根がしっかりとストレッチャーに貼《は》りつくように、舞奈は両足に力を込める。

「楽しんで、それで皆一緒に決勝に進もうね！」

九艇のフォア艇がスタートラインにずらりと並んだ。艇の先端を発艇装置に差し込み、選手達は真っ直《す》ぐに前を見据えてスタートの合図を待っている。

広い川に等間隔で浮かぶブイは、永遠に続いているようにも見える。風が吹いているせいか、水面は微《かす》かに波打っていた。

「Ready set……」

その声が聞こえた瞬間、選手達は一斉にパドルを構えた。右側のパドルが上に来るように、舞奈もまた決められたフォームを取る。

「ＧＯ！」

ピストルの発砲音と共に、九艇が出艇した。「せーの！」という合図の声があちこちから聞こえて来る。

パドルから飛沫が上がり、他の艇の影響で水面は大きく波打つ。舞奈は前に座る希衣の背中を凝視し、タイミングを合わせてパドルを動かす。

ガン、ガン。

ストレッチャーを踏み込む度に、下半身に振動が伝わる。四人分の推進力は一人で乗っている時と全く違う。パドルの感覚が軽く感じるのは、前に座る恵梨香達が流れを作ってくれているからだ。

額に汗が滲《にじ》み、目の中に入りそうになる。それを誤魔化すように、舞奈は何度も瞬きを繰り返した。

「もっとペース上げるよ」

「はい！」

パドルが水を掻く音に混じり、希衣の鋭い声が聞こえて来る。三〇〇メートルを越える頃には、両腕が異様に重く感じられる。乳酸が溜《た》まった筋肉が悲鳴を上げ、早くゴールしたいと叫ぶ。

四〇〇メートルを越えた頃には、逆に気分はハイになる。ゴールがもう目前だと感じられるからかもしれない。

「もうすぐゴールだよ！」

舞奈のすぐ後ろで、千帆が叫んだ。周囲に艇の姿はなく、パドルの音も随分と後方にある。つまり、ながとろ高校は現在ダントツで一位ということだ。だが、ゴール直前で沈したことなどいくらでもある。気を緩めるわけにはいかない。

奥歯を噛《か》み締め、舞奈は両腕に力を込める。

楽しいことが好きだった。何かを楽しむことが好き。だから順位なんてこだわる必要がないと思ってた。

でも、勝ちにこだわらなければならない時がある。希衣先輩や千帆先輩、そして恵梨香。この四人で、少しでも長い時間を共にしたい。舞奈はもう、足手まといになりたくない。

君と、君達と、一緒に漕ぎたい！

「いっけえええ」

パドルに力を込め、激しく水を掻く。真っ向から吹き付ける風が進行の邪魔をする。

それでも、どれだけパドルが重くなろうと、舞奈達は前進する。

カヌー艇の先端がゴールラインを越えた。前で漕ぐ希衣や恵梨香の力が抜けたのか、艇は緩やかに速度を落とした。舞奈はゼイゼイと荒い呼吸を繰り返す。心臓がバクバクとうるさかった。

岸からは歓声が上がる。檜原達の声だった。ここからでは何を言っているかは分からないが、喜んでいるのは間違いない。

気付かぬうちに、手が震えた。衝動が抑え切れず、舞奈はパドルを両手で握りしめたまま天に向かって両腕を突き上げた。

「や、や、やりましたよ。準決勝、一位！」

嬉しくなって下半身を揺らすと、カヌー艇が振動した。「はしゃぐと危ないよ」と告げる希衣の声は明らかに笑っている。

「千帆先輩、決勝進出です！　私たち、やりましたよ！」

そう後ろを振り返ると、彼女は膝にパドルを置いたまま両手で顔を覆っていた。その喉《のど》から嗚咽《おえつ》のような音が漏れている。予想外の反応に面食らう舞奈とは対照的に、前に座る希衣は冷静だった。

「泣くのは早いよ。私達、優勝するんだから」

「そうですよ」と最前に座る恵梨香までもがこちらを振り返る。下を向いていた千帆が、そこでようやく顔を上げた。濡れた睫毛《まつげ》が静かに光っている。上気した頬を誤魔化すように、千帆は手の甲を自身の顔に押し付ける。そのまま、はにかむように彼女は笑った。

「ここまできたら優勝しようね。絶対、この四人で」

「はい！」

ゴールラインを振り返ると、次々と後続の艇がゴールしていた。揺れる水面に映り込むカヌー艇はカラフルで、綺麗《きれい》だ。

舞奈はパドルを握りしめていた手の力を緩めると、ブレードを使ってそっと水を掻き混ぜた。水上を吹き抜ける風は熱を持っていて、なのにひどく心地良かった。

第六章

そして
戦いが始まる

side 希衣

湯船に浸《つ》かった瞬間、擦り剥《む》けた臀部《でんぶ》の肌がビリビリと痛んだ。それを無視し、希衣《きえ》は浴槽に肩まで浸かる。立ち込める白い湯気が大浴場内の空気をほんのりと白く染めていた。

インターハイの第三日目が終わり、明日は午前中から５００ｍのＷＫ－１、ＷＫ－２の準決勝、そしてそれぞれの決勝レースが予定されている。レースの疲れを取るために早々に宿の大浴場へとやって来た希衣だが、時間が早いせいか客の姿はほとんどない。ちなみに、千帆《ちほ》や舞奈《まいな》は自分の家族に会いに行っているし、恵梨香《えりか》は蘭子《らんこ》に会いに行っている。希衣も家族と話そうかと思ったが、それよりも早く明日の支度を済ませて寝てしまいたい気持ちが勝った。レース中に気が張っていたのか、普段の大会よりも疲労が溜《た》まっている。

宿には他校の生徒や一般の客も宿泊しており、ピーク時の大浴場はひどい混雑状況になる。現在の貸し切り状態の湯船に浸かっていると、十七時に風呂《ふろ》に入って良かったと心底思う。

湯は透明で、自身の脚が指先までハッキリと見て取れる。足の指でグーチョキパーを繰り返す遊びにもすぐに飽き、希衣は浴槽の端に置いたタオルを手に立ち上がった。風呂の温度が高いせいであっと言う間に逆上《のぼ》せそうだ。

この宿の大浴場には露天風呂もあるため、希衣はそちらへ移動することにした。屋外に出ると、むわっとした空気が希衣の身体《からだ》に纏《まと》わりついた。台風が接近しているせいで夏の平均気温より涼しいとはいえ、それでも気温は高い。吹き付ける風は激しく、庭園に植えられたミカンの樹《き》が先ほどからガサガサと揺れている。

露天風呂には一人だけ先客がいた。長い黒髪を一つにまとめ、浴槽に半身浴のように浸かっている。迷惑にならないように、希衣は湯船にそうっと入った。ちゃぽんと響いた音に、先客が顔を向ける。

「希衣じゃん」

そう話しかけられ、希衣はようやく先客が桜《さくら》であることに気が付いた。トレードマークのツインテールをお団子にしていたため、すぐには分からなかった。髪から滴《したた》る水滴が、その項《うなじ》を伝っている。

「あれ、楓《かえで》は？」

「彼氏に会いに行った！」

唇を尖《とが》らせ、桜はバタバタと浴槽の中で脚を動かす。透明な湯が意思を持った生き物のように蠢《うごめ》いた。

「それで一人で入ってるんだ」

「希衣こそ一人じゃん。あの子は？　湧別《ゆうべつ》ちゃん」

「利根《とね》蘭子に会いに行ってる」

「浮気じゃん。あ、逆か。蘭子ちゃんが本命で、希衣が浮気相手」

「勝手に言ってれば」

「冗談だって。独り者同士仲良くしようよ」

その声が珍しく切実に聞こえたから、希衣はそれ以上追及せず浴槽の底に座り込んだ。屋内の湯の温度に比べると、露天風呂の方がやや温《ぬる》い。

「なんだかんだ言ってさ、一人が楽な時もあるよね」

桜は静かな口調でそう言って、希衣の隣に並んできた。肩まで浸かり、彼女は意味もなく手を結んだり開いたりしている。

「なに。弱気じゃん」

「弱気にもなるよぉ。このインターハイが終わったら、楓はカヌー部を辞めちゃうんだよ？」

「それを言ったら千帆もそうだよ。別に、珍しいことじゃない」

「珍しいかどうかなんてどうでもいいの！　大事なのは、私が受け入れられるかどうかでしょ」

語気を僅《わず》かに強め、桜は大きく溜息《ためいき》を吐《つ》いた。自分の頬を押し潰《つぶ》すように、彼女は右手で頬杖《ほおづえ》を突く。

「はぁぁ。私、カヌーを続けていくのが当たり前だと思ってた。富士《ふじ》曙《あけぼの》の神田《かんだ》と堀《ほり》みたいにさ」

「あそこもギリギリまで大揉《おおも》めだったけどね」

「カヌーをやってない楓なんて、本当に信じられない。私達、いつも一緒だったのに」

後半は消え入るような声だった。濡《ぬ》れたままの両手で、桜は自身の顔を覆《おお》う。

「子供の頃から、家族全員の夢だったんだよ」

「夢って？」

「椿《つばき》ちゃんと楓が二人でオリンピックに出場すること」

「それは……」

体勢を変えると、顎《あご》の先端が湯に沈む。伸ばしっぱなしの脚は退屈そうに互いにそっぽを向いていた。

湿気で額に貼《は》りつく前髪を希衣は指先で摘《つま》み取る。目を伏せると、睫毛《まつげ》がしっとりと湿っているのを重さで感じた。希衣はゆっくりと口を開く。

「それはダメだよ。自分の夢を、他人に託すのは」

「なんで？　家族なのに」

「家族でも、友達でも。託された相手が押し付けられたと感じたら、それはもう夢なんていうキラキラしたものじゃなくなる。だから、自分の夢は自分で叶《かな》えるべきなんだと思う」

「希衣だって天神《てんじん》に――」

反射的に口を開いた様子の桜だったが、希衣が何かを言う前に自分から口を噤《つぐ》んだ。両手を膝《ひざ》の上に置き、彼女は空を仰いだ。その唇から、「あー」と不明瞭《ふめいりょう》な声が漏れる。

「そういうことね。今更になって理解した」

「理解したって、何を？」

「希衣が二年の時に、湧別ちゃんとペアを組んだ理由だよ」

今の私と一緒だったんだ、と桜が呟《つぶや》く。希衣は肯定も否定もしなかった。

ざばり、とすぐ隣でお湯が揺れる音がした。桜が立ち上がったのだ。

「ねえ」

「なに？」

「やっぱり私、優勝したい。楓と一緒に漕《こ》ぐ、最後のインターハイだから。二人でペアで、勝ちたい」

こちらを見下ろす桜の顔を、希衣は湯船に浸かったまま見返す。片膝を立て、その膝小僧の上に手を置いた。

「それは無理じゃない？　ペアで勝つのはながとろだし」

「双子パワー舐《な》めちゃダメだからね。『人生トゥインクル、起こすぞミラクル！　私の名前は大森《おおもり》桜！』」

「……裸でポーズ取るのは止《や》めた方がいいんじゃないかな」

真っ裸で特撮ヒーローのようなポーズを取る桜に、希衣は思わず肩を竦《すく》める。呆《あき》れ交じりの希衣の声にも桜は動じた様子はなく、「待ってろよ楓ー！」と威勢よく露天風呂エリアから出て行ってしまった。

一人取り残された希衣は呆気《あっけ》に取られていたのだが、やがて腹の底から愉快な感情が湧《わ》き上がって来るのを感じた。

「ハハハッ」

ポップコーンが弾《はじ》けるみたいに、喉《のど》奥から笑いが噴き出す。自分の夢を自分の手で叶えることに、希衣は一切躊躇《ちゅうちょ》したりしない。

そしてそれは多分、今の桜も同じだった。

翌朝。快晴とはお世辞にも言えない天気に、障子を開けた希衣は眉《まゆ》を顰《ひそ》めた。スマートフォンの天気予報では、降水確率が四〇パーセントになっている。明日に至っては、暴風警報が発令される可能性があるらしい。

高校三年間のカヌー大会の中で、間違いなく最悪の天候だ。時折強く風が吹いているため、沈《ちん》する艇も増えるだろう。タイムだって全体的に落ちるはずだ。それでも決勝レースを決行するという判断を委員会が下してくれたのは不幸中の幸いだった。

まだ早朝ということもあり、他の部員達は眠っている。畳の上に敷かれた布団《ふとん》は幾らか乱れており、舞奈に至っては赤ちゃんのおくるみのように掛布団を身体に巻き付けて眠っている。思わず笑みをこぼしたその時、一番端で眠っていた恵梨香が身を起こした。パジャマ代わりに着ているジャージは黒く、彼女の身体のシルエットを美しく見せている。

「おはようございます」

立ち上がってこちらへ歩み寄って来た恵梨香は、まだ眠たいのか何度か目を擦《こす》っている。

「ゴメン。起こしちゃった？」

「いえ。勝手に目が覚めただけです。天気の確認ですか？」

「うん。いつ雨が降ってもおかしくない天気だよ」

「本当ですね」

障子の隙間《すきま》から、恵梨香は窓の外を覗《のぞ》く。宿のすぐ近くを走る道路には車の姿がほとんどない。緑に囲まれた長閑《のどか》な風景が広がっている。

「そういえば、蘭子さんにこの前の写真を見せました」

「この前の写真？」

「ほら、決起集会の」

恵梨香はそう言って、スマートフォンをポケットから取り出した。画面を操作し、彼女はアルバムから一枚の写真を表示させる。

それは、喫茶せせらぎの近くにある川で撮った写真だった。赤、白、青、緑、黄。カラフルなシングル艇に乗った希衣、千帆、舞奈、恵梨香、富歌《とみか》の五人が、はしゃいで自由なポーズを取っている。

「大会前に記念に写真を撮っておくのはどう？」と言い出したのは檜原《ひのはら》だった。五人の表情は楽しげで、すっかりリラックスしている。

「本当に良い写真だね」

希衣の言葉に、恵梨香が微《かす》かに目を細めた。

「蘭子さんも、良い仲間に恵まれたねって言ってくれて」

「なんかそのコメント、上から目線じゃない？」

「そんなことないですよ。思ったことを素直に言ってくれたんだと思います」

癖のない黒髪を耳に掛け、恵梨香は希衣へと向き合った。前髪の下から覗く両目の目力に、希衣は一瞬気圧《けお》される。彼女が瞬《まばた》きすると、長い睫毛が上下する。

「絶対、優勝しましょうね」

「まずは準決勝レースで勝ち上がることを考えないと」

「考える必要ないですよ。二人なら、絶対に勝てますから」

当然のように告げられた台詞《せりふ》に、希衣は唇の片端を吊《つ》り上げる。

「言うねぇ」

「事実ですから」

窓から差し込む光が、恵梨香の片側だけを照らしている。去年、神田・堀ペアに敗れた時のことを思い出し、希衣は無意識の内に唾《つば》を呑《の》み込んだ。あの時のリベンジを果たすべく、一年間を費やした。今度こそ、笑顔で終わりたい。

「私も、勝てると思うよ」

希衣の言葉に、恵梨香は口角を僅かに上げる。腕を上げ、希衣はその肩を優しく叩《たた》いた。

インターハイ第四日目は、予定通り進行した。この日最初のレースは、八時から始まるK－1の準決勝レースだった。まずはK－1、その後にC－1と続く。WK－1、K－2、C－2、WK－2の準決勝が続き、全《すべ》ての準決勝レースが終わると一度休憩に入る。

　決勝レースは十一時からで、K－1、C－1、WK－1、K－2、C－2、WK－2、K－4、C－4、WK－4の順番となっている。律義《りちぎ》に男子カヤック、男子カナディアン、女子カヤックの順を繰り返しているのは、出場する選手達への配慮だ。トップ選手はどの種目でも結果を出すため、出場選手が重複してしまう。そうした選手達が連続してレースに出場するなんてことがないように配慮されているのである。

「WK－1の準決のベストタイム、利根さんだって」

「それを言ったらWK－2の準決のベストタイムはながとろだって」

「ながとろってどこだっけ」

「ほら、埼玉の。あの湧別さんがいるところだよ」

「あぁ、代表選手の。あの貫禄《かんろく》で私より年下とかマジ信じらんないわ」

　準決勝のレースを終えた希衣が本部前に貼りだされた記録表を眺めていると、すぐ隣にいる女子生徒達の話し声が聞こえてきた。インターハイグッズのTシャツを着た彼女達は、決勝レースは応援に徹すると話している。

「日本代表がいる部活って、正直言ってチートじゃない？　私も利根さんか湧別さんと組みたかった」

「利根さんは自分より低いランクの選手とは組まないって公言してるらしいよ」

「ヒエー。流石《さすが》は孤高の女王」

「だから、今年のＷＫ－１は頂上決戦的な意味もあるんだよね。決勝レースは間違いなく利根蘭子ＶＳ湧別恵梨香になるから、カヌー関係者もいっぱい見に来てるらしい」

「じゃあ他の選手も活躍するといいことあるかも？」

「かもね。私としては、湧別さんに利根さんを負かして欲しいけどね。利根さんが負けてるところ高校生になってから見たことないし」

「私は利根さん派だなぁ。同じ三年生だから」

「じゃ、どっちが勝つか白くまアイス賭《か》けよう」

「えー、ブラックモンブランがいい」

キャッキャッと軽やかな笑い声を上げながら、女子生徒二人は競技場の奥へと進んでいった。希衣は改めて準決勝の記録表を見る。

男子カナディアンでは無名の二年生が大活躍したという噂《うわさ》を聞いたが、女子は概《おおむ》ね前評判通りだ。ＷＫ－２の決勝進出メンバーに大森姉妹の名前があることを確認し、希衣は口元を緩めた。

「希衣先輩、そろそろＷＫ－１の決勝が始まっちゃいますよ」

駆け寄ってきた舞奈の言葉に、希衣は肩を竦める。

「ついに頂上決戦ってわけね」

「恵梨香が勝つって私は信じてますから！」

「だといいんだけど。こればっかりはね」

吹き付ける風が舞奈の髪を攫《さら》う。キャップが飛ばされないよう、舞奈は慌《あわ》てて鍔《つば》を押さえた。

観戦エリアに移動すると、ながとろ高校の関係者が勢揃《せいぞろ》いだった。千帆の両親や祖母、久美《ひさみ》と海美《うみ》。希衣の両親と妹。舞奈の父親と祖父母、更には富歌の両親までが揃っている。昨日紹介された舞奈の兄は小見山《おみやま》高校の関係者が集まっているエリアにおり、大森姉妹の長女である椿と話し込んでいた。

「ぶっちゃけた話、どっちが勝つんですか？」

掛けていたサングラスを外し、富歌が尋ねて来る。その右手には記録用のビデオカメラが握られていた。

「本当にぶっちゃけると、やってみないと分かんないよ。途中で二人が沈する可能性もあるし」

「ゼロに近い可能性の話をしてるんじゃないんですよ」

「風や波の影響で沈することは珍しくないよ。特に、今日は川が荒れてるからね。決勝レースがやっぱり取りやめってことにならなきゃいいけど」

「中止とか絶対嫌なんですけど。私、応援のためにコンディションを整えて来たのに」

「応援のコンディションって何」

「のど飴《あめ》食べたりですよぉ！」

「はは、それはありがたい」

「感謝の気持ちが全然感じられないです」

拗《す》ねたように唇を尖らせる富歌は、子どもっぽく可愛《かわい》らしい。大して年の変わらない後輩を愛らしく思うようになったのは、自分に余裕が出来たせいかもしれない。

「ま、どんな下馬評だろうと私は利根蘭子選手より断然湧別先輩を応援しますけどね！」

「そりゃウチは皆そうでしょ。逆に、蛇崩《じゃくずれ》学園は皆利根蘭子を応援するだろうし」

希衣は離れた場所にいる蛇崩学園の一団を見る。揃いの黒のブルゾンには金字で蛇崩学園カヌー部と書かれている。レースを見守る部員達の面構《つらがま》えといい、統率の取れた声援といい、言動の端々から圧倒的な強豪校の雰囲気が醸《かも》し出されている。

「よく考えたら、あんなに大きい学校に対抗してるながとろ高校《ウチ》って凄《すご》いですよね。少数精鋭って奴《やつ》ですよ」

「土器《どき》さんも来年には精鋭にならなきゃね」

「エエッ、無茶ぶり！」

「そろそろレースが始まりますよ！」

そう大声で伝えて来たのは双眼鏡を覗き込んでいる舞奈だった。隣に立つ千帆は『ながとろ頑張れ！』と書かれた水色のタオルを振っている。タオルの端には何故《なぜ》か校長の似顔絵がプリントされていた。

「そのタオル、どうしたの？」

「学校の購買部で買ったの。可愛いでしょ？」

「う、うん……」

千帆の美的センスはともかく、応援する気持ちは大切だ。希衣はスタートラインの方角を見遣《や》る。５００ｍコースは距離が長いため、中盤の観戦エリアからではスタンバイしている艇の様子はハッキリとは見えない。だが、その緊迫した雰囲気はなんとなく伝わって来る。

「Ready set go!」

聞こえてきた合図と共に、真っ先に集団から飛び出したのは第六レーンの恵梨香の青の艇だった。荒れる水面を切り裂くようにして、先端からは飛沫《しぶき》が上がる。その後に続くのは蘭子の黒の艇だ。長い両腕を活《い》かした、ダイナミックなパドリング。様々な大会で場数を踏んできただけあり、多少の天候の荒れ程度では彼女はびくともしない。

　後続の選手は、既に二人と差がつき始めていた。三位は小見山高校の大森楓で、四位の選手と競《せ》り合っている。希衣はレースコースから目を離し、小見山高校の応援スペースに目を向けた。

「楓、頑張れー！」

　そう叫んでいる桜は、希衣と同様にＷＫ－１に出場出来なかった。

　インターハイは出場できる選手の人数が各県ごとに決まっているため、カヌーが盛んな県ほど出場枠の争いが激しくなる。もしも希衣が埼玉県ではなく別の県の学校であったなら――もっと言うと、恵梨香と同じ県でなければＷＫ－１の出場権を獲得できていただろう。

　そしてそれは強豪・蛇崩学園が存在する東京都にも言える。圧倒的な孤高の女王、利根蘭子がいたことにより、この三年間、東京都のＷＫ－１のインターハイ出場枠は蘭子が独占することとなった。

　だが、そんなことは考えても意味のないことだ。希衣が漕者《そうしゃ》として伸びたのは恵梨香というお手本がいたからだし、蛇崩学園の他の生徒だって蘭子に良い影響を受けたことも多いはずだ。恵梨香と蘭子。二人は多くの人間の期待を背に、このレースに臨んでいる。

「じゃ・く・ず・れ・ファイトーファイトー！」

「蘭子先輩、負けないで！」

「飛ばして飛ばして」

蛇崩学園の声援は人数が多いだけあって厚みがある。それに負けじと舞奈も大きな声で恵梨香のことを応援している。

三〇〇メートルを越えた辺りでも、先頭を進む二人の順位は変わらなかった。恵梨香と蘭子はほぼ膠着《こうちゃく》状態で進む。一位は恵梨香、二位は蘭子だ。

「湧別さん、いけー！」

残り、一〇〇メートル。スタートから四〇〇メートルであることを示すブイを通過した途端、レースの空気は一変した。蘭子が仕掛けたのだ。

レース終盤でもここまでのスピードを出せるなんて、驚異の体力だ。去年までの恵梨香であれば翻弄《ほんろう》されていただろうが、恵梨香もまた蘭子と共に多くの大会に参加している。恵梨香もすぐさま反応し、パドルを大きく動かした。

黒の艇と青の艇の先端がほぼ横並びになる。ギャラリーの盛り上がりも最高潮に達し、周囲は大声援に包まれた。希衣は固唾《かたず》を呑んで二人のレースの行く末を見守る。

蘭子の黒色の艇の側面が水の膜に包まれる。希衣が瞬きしている間に、そのパドルから巻き上がる飛沫が小さくなった。まるで未来に吸い込まれるように、その艇がグンッと大きく前進する。

それは、あまりに滑らかだった。

それは、あまりに美しかった。

無駄のない洗練されたパドリングのフォームがここまでの推進力を生むのだと、希衣は思い知らされた。

これが、孤高の女王――利根蘭子。

恵梨香が動揺したのが、その背中の震えから分かる。蘭子の長い黒髪が風に乗って翻《ひるがえ》り、そして雌雄は決した。

「蘭子先輩、三年連続優勝ですよ！」

「凄すぎるんですけど！」

蛇崩学園の部員達は興奮して、口々に歓声を上げている。希衣はゴールラインを越えて漂う恵梨香の方を見遣る。キャップを外し、彼女は頭を軽く振る。その表情はここからでは分からないが、晴れやかなものである気がする。

恵梨香が右手を差し出し、蘭子がその手を軽く叩くようにして触れている。その後ろで、楓の艇が三着でゴールしていた。

「恵梨香、すっごく惜しい！　本当に僅差《きんさ》だったのに」

首から提げた双眼鏡を握り締め、舞奈は口をへの字に曲げる。千帆が残念そうに眉尻《まゆじり》を垂らした。

「今年こそ優勝できるかと思ったんだけどね」

「っていうか、普通は湧別先輩が優勝する流れじゃないですか？　新女王誕生って流れになるのかなって思ってたんですけど」

「レースに普通なんてないよ」

希衣はそう言って、被《かぶ》っていたキャップを脇《わき》に挟んだ。黒髪を束ね直し、いつもよりきつめに縛る。

「湧別さんは自分に出来ることを全力でやってくれた。私だって、胸を張れるよう頑張りたい」

ゴール地点では、全ての艇が無事にゴールラインを越えていた。岸に向かって軽やかに進む恵梨香の艇に向かって、希衣は大きく手を振った。遠近法で小さく描かれた恵梨香がこちらに向かってパドルを掲げた。

「いやぁ、今回ばかりは流石の私もヒヤヒヤやった。恵梨香ちゃん、最初から飛ばしてたから」

「蘭子さんにはあれぐらいの勢いじゃないと勝てないと思ったんです。本当はスタートから逃げ切りたかったんですけど」

「逃げ切るにはまだまだスタミナが足りひんね」

「今後の課題です」

ＷＫ－１の決勝レースが終わり希衣がスタンバイを始めていると、恵梨香が駆け足でこちらへとやって来た。その隣に勝手に陣取っている蘭子は、肩からバスタオルを羽織っている。

「湧別さんも利根さんも、レースお疲れ様」

ライフジャケットを装着する希衣とは対照的に、足を止めた蘭子はライフジャケットを脱いでいる。身体を締め付けていたものを取り除いた彼女は、随分と身軽に見えた。

「鶴見ちゃんはこっから恵梨香ちゃんと一緒にＷＫ－２のレースか」

「そう。利根さんは蛇崩学園の応援でしょ？」

「そりゃね。同級生にとってはこれが最後のレースやから。ウチの三年がどこまでやれるか見届けなあかんってワケ」

口端を吊り上げ、蘭子は長い髪を手で梳《す》いた。白魚のような指が髪の黒の中で踊っている。

「それと鶴見ちゃん」

「な、なに？」

「そんな身構えんといてーや。良い選手になったなって伝えたかっただけ」

にんまりと口端を弧に吊り上げる様は、希衣に不思議の国のアリスのチェシャ猫を思わせた。長い腕をひらりと振り、蘭子は踵《きびす》を返す。

「じゃ。いい漕ぎを見せてな」

颯爽《さっそう》と去っていく女王の後ろ姿を、希衣と恵梨香はしばらくの間、何も言わずに眺めていた。

先ほど蘭子に告げられた台詞は、同学年の選手に伝えるには上から目線な内容だ。頭では分かっている。それでも、あの利根蘭子に存在を認められたと思うと全身が歓喜で震えた。頬が勝手に緩むくらいには嬉《うれ》しかった。

「鶴見先輩」

急に恵梨香に腕を引かれ、希衣は驚いて恵梨香の方を見る。微かに膨らんだ頬に、輪郭に沿って伸びる彼女の髪の毛先が当たっていた。

「どうしたの？　何か伝えたいことがあった？」

「伝えたいというか……いえ、やっぱり何でもないです」

「何でもないことはないでしょ」

「いえ、本当に……ちょっと私を見て欲しかっただけです」

「湧別さんを？　ずっと見てるけど」

「そういうことじゃないんですけど……でも、大丈夫です。私の中では解決しましたから」

　自分の中で勝手に納得したのか、恵梨香はその場で頭を振った。ライフジャケットの裾《すそ》を引っ張り、彼女は真っ直《す》ぐに胸を張る。

「行きましょう、決勝レースへ」


　二人でペア艇に乗り込むのももう慣れた。前が恵梨香、後ろが希衣。ストレッチャーに足をセットし、希衣はパドルを動かしてスタンバイ位置へと移動する。前を向いたまま、恵梨香が口を開く。

「悔しくないって言ったら嘘《うそ》になるんです」

「さっきのレース？」

「はい。蘭子さんに今年こそ勝ちたいと思っていたので。でも、関東大会を経験して、一番悔しいと感じるのは負けることじゃないって気付いたんです。一番悔しいのは、自分の実力が発揮できないこと」

　希衣は関東大会のことを思い出した。恵梨香は食あたりでＷＫ－１の決勝レースを棄権した。

「でもあの時は仕方がなかったんじゃない？　自分では管理し切れないこともあるよ」

「分かってはいるんですけど。……あの時のＷＫ－１の決勝レース、蘭子さんが優勝するのをトイレで見てたんです。ネット中継で。凄く悔しくて、悲しくて」

「湧別さん……」

「だから今回、全力で蘭子さんと戦えて嬉しかったんです。二位っていうのは悔しいですけどね」

キャップの鍔を掴《つか》み、恵梨香は軽く引き下げる。吹き付ける風は冷たさを増してきて、希衣は山間の向こう側を見遣った。空を覆う灰色の雲の厚みはどんどんと増しているように思える。

「二位でも凄いけど、二位を悔しいってちゃんと思えるから湧別さんは凄いのかもね」

「鶴見先輩だってそうでしょう？　二位はいつだって悔しいですよ。だから私、今年こそ先輩に一位になって欲しいんです」

「それを言うならこっちだって、湧別さんに一位になって欲しいよ」

「おあいこってことですか？」

「或《ある》いは、相思相愛かな」

「ですね」

フッと恵梨香が笑みの混じった吐息を零《こぼ》す気配がした。日本語の使い方が間違っていますよとでも言われるかと思っていたから、その反応は意外だった。

「湧別さんも人間らしくなったってことか」

希衣の言葉に、恵梨香は真顔で応じる。

「人間になって、かれこれ十七年ですから」

「長いんだか短いんだか」

「鶴見先輩よりは短いですね」

「ちょっとちょっと！　もっと感動的な会話はしないの？」

二人の会話に割り込んできた声は、すぐ近くを漂う小見山高校のカヌー艇から飛んできたものだった。希衣と恵梨香が顔を上げると、楓と桜がこちらに向かって手を振った。先ほどの文句は桜のものだろう。

「桜、勝手に感動的な会話をすべきだと決めつけてはいけないよ。言葉にしない方が伝わる時もあるのさ」

「私は言葉にして欲しいもん」

楓が窘《たしな》めると、桜は唇をすぼめてみせた。二人はお揃いの白のキャップを被っている。

「もう仲直りしたの？」

希衣の問い掛けに、楓が肩を竦める。

「そもそも、私は一度も喧嘩《けんか》をしたつもりはないんだがね。桜が勝手に怒って、勝手に戻って来ただけさ」

「まだ怒ってるよ！」

「やれやれ。人というのは時として決断しなければならないのさ、桜は桜の道を行け。

それがロマンだ」

「言われなくても、私が椿ちゃんと一緒に大学カヌー界を席巻《せっけん》しちゃうんだからね」

腰に手を当て、桜がもう片方の手でパドルを上へと掲げる。ブレードの先端から滴る水が楓のキャップに小さな染《し》みを作った。希衣は軽く首を傾《かし》げる。

「そういえば楓は知ってるの？　彼氏がウチの二年生の黒部《くろべ》さんのお兄さんだってこと」

「マジィ？」

驚きの声を上げたのは桜だった。黙っている楓だが、よく見ると動揺してパドルを膝に取り落としている。

「楓、それってきっとカヌーを続ける運命ってことだよ」

うんうんと頷《うなず》く桜に、楓は呆れた様子で肩を竦めた。

「一体何の運命なんだか……だが、ながとろ高校と縁があったというのは嬉しいね。黒部さんにも挨拶《あいさつ》に行くよ」

「挨拶に行かなくても、次のＷＫ-4決勝レースで会うと思うよ」

「確かに。その時は、悪いが小見山高校カヌー部が勝たせてもらうよ」

「そーそー！　ＷＫ-2だってウチが勝っちゃうからね」

「いえ、勝つのはながとろです」

恵梨香が毅然《きぜん》と言い放つ。恵梨香が反応するのが意外だったのか、大森姉妹が目を丸くした。

希衣は目の前にある肩を叩いた。

「そういうこと！　じゃ、そろそろスタンバイしますか」

ＷＫ－２決勝の直前に行われたレースは、Ｃ－２だった。男子カナディアンペアのことだ。レースは十分おきに行われるため、出場する選手は慌ただしい。

カナディアンの選手がシングルブレードのパドルを駆使してスタートしたのを確認し、希衣たちはスタッフの誘導に従い発艇装置へ艇の先端を差し込む。

深く深呼吸すると、今日は一段と雨の匂《にお》いが濃かった。グリーンの水面が揺れ、ぱたぱたといくつもの波紋を作る。空を見上げると、いつの間にか小雨が降り始めていた。柔らかな雨粒が顔に垂れ、希衣は思わず顔をしかめる。

「雨が降り始めたね」

「台風が接近しているんですね。まだ風が吹いていないだけマシですが」

「濡れるとパドルが滑りやすいから気をつけて」

「はい。鶴見先輩も」

パドルのシャフト部分を強く握り締め、希衣は背筋を正した。ながとろ高校は中央の第五レーン。隣の第六レーンには小見山高校の、第四レーンには蛇崩学園の艇がある。

関東大会では、恵梨香に実力を発揮させてやれなかった。だが、今日は違う。天候は悪いが、二人のコンディションは良好だ。今年こそ、勝ちたい。夢見続けてきたインターハイの舞台で、君と！

スタッフがスターターピストルを構える。それを見て、希衣はパドルを構えた。恵梨香が大きく息を吸い込んだ振動が、艇越しに伝わって来る。

「Ready」

雨粒が両目に入って来ないよう、希衣は大きく瞬きした。川が荒れ始めているせいで、艇が大きく揺れている。

「Set」

息を止め、じっと背中を凝視する。その僅かな動きでも見逃さないように。全力を、彼女が発揮できるように。

「Go!」

乾いたピストルの発砲音が鳴り響いたのと同時に、希衣はパドルを動かした。ストレッチャーを踏み込み、上半身を激しく捻る。先ほどレースを終えたばかりだというのに、恵梨香に疲労の気配はない。彼女がダイナミックにパドルを動かす度に、グンと艇が大きく前進するのを感じた。

恵梨香と漕ぐのは気持ちがいい。スムーズで、美しくて、力強いから。希衣はその動きにピタリと合わせるようにしてパドルを動かした。上半身よりも下半身の方がタイミングを合わせるのは難しい。特に、恵梨香のようなハイレベルの選手が相手ともなると。

去年の希衣は、彼女の相棒を名乗るに値する実力を持っていなかった。けれど、今の希衣は違う。この一年間、この瞬間の為《ため》に努力した。恵梨香だけに夢の重荷を担《にな》わせたくなかったから。

「勇別さん、もっと上げて！」

「はい！」

希衣の合図と共に、恵梨香のパドルの動きが激しくなる。と、その時、強い風が横から吹いた。艇が一気に左に傾いたのを肌で感じ、希衣は咄嗟《とっさ》に右へと重心を傾ける。左後方からは激しく飛沫が上がる音が聞こえた。恐らく、どこかの艇が沈したのだ。

「危なかった」

艇が安定したのを感覚で理解し、希衣は安堵《あんど》の息を吐く。水面を撫《な》でる風は陸地よりも冷たく感じる。

「気を引き締めていきましょう」

「うん」

隣のレーンからは、ザブ、ザブ、と一定のリズムでパドルを動かす音が聞こえる。三〇〇メートルを越えるころには、既に他のカヌー艇は後方にあった。

前だけを見ていると、まるで二人きりで漕いでいるみたいだ。等間隔に並ぶブイは星《ほし》屑《くず》のように深い緑色の上を漂っている。

腕も足も重い。乳酸が溜まり、全身に疲労が蓄積されている。それでももっと漕いでいたいと思うのは、一体なぜなんだろう。呼吸を繰り返す度に、口からは荒い息が漏れる。

苦しいけれど、それが楽しい。

「あ、」

四〇〇メートルのブイを越えた時、恵梨香が顔を上げた。それに釣られて、希衣も水面から視線を逸《そ》らす。

分厚い雲の切れ間から、まるでスポットライトのように太陽の光が漏れていた。光の筋は水面に垂れ、世界を眩《まばゆ》く彩《いろど》っている。

光のヴェールの中を、二人の艇が突っ切っていく。柔らかで温かな空気が、希衣の頬に纏わりついた。

残り、五〇メートル。

岸からは応援する観客の声が響いている。希衣がパドルを動かす度に、その声援は飛沫によって掻《か》き消された。

残り、三〇メートル。

苦しさがピークに達し、希衣は奥歯を嚙《か》み締めた。マラソン大会の終盤みたいに、脇腹がキリキリと痛んだ。

残り、十メートル。

ゴールラインはもう目前。ストレッチャーに置いた足を踏み抜く。

――最後の一《ひと》パドルまで漕ぎ抜くことを誓います。

選手宣誓のワンフレーズが、不意に脳裏に蘇《よみがえ》る。どれだけ辛《つら》くとも、どれだけ苦しくとも、最後の最後まで君と漕ぎ抜く。

「はあぁぁっ」

もはや自分がどんな声を発しているのか分からない。汗と雨と飛沫が入り混じり、感情が絡《から》まり合っていた。

艇の先端が、滑らかにゴールラインを越える。その瞬間、希衣の涙腺《るいせん》は勝手に緩んだ。

自分達の前に、艇はいない。つまり――

「一位ですよ！」

希衣が言葉を発する前に、恵梨香が叫ぶように歓声を上げた。そのまま後ろを振り向いて抱きつこうとしたのか、艇が大きく傾く。

「沈する沈する！」

パドルを水平に持ち、希衣は慌ててバランスを調整した。

「す、すみません」

恵梨香が赤面する。艇の内部は座席が分かれており漕者同士が近付けないようになっているというのに、興奮のあまり我を忘れたらしい。

「その、あまりに嬉しくて」

「私も嬉しいよ。本当に」

希衣の言葉に、恵梨香のパドルを握り締める手に力がこもった。その肩が震え、彼女の声がくぐもった。

「勝ちましたね。やっとです、やっと」

嗚咽《おえつ》交じりに紡《つむ》がれた言葉に、希衣はそっと腕を伸ばした。その背中を撫でてやると、恵梨香は両手で自身の目を押さえた。

「今までありがとうございます」

「それはこっちの台詞。あと、まだ最後じゃないから。WK-4のレースが残ってるよ」

「はい、そうでした」

コクリと首を縦に振る後輩があまりに可愛らしかったので、希衣は思わず笑いをこぼした。振り返ると、二位と三位の艇が競り合いながらこちらへ向かってくるのが見える。

それは、一位になった者のみが見られる光景だった。

＊＊＊

ＷＫ-4の決勝は、この日最後のレースだった。決勝レースが終わると昼休みに入り、その後は種目別の表彰式となる。

先ほどＷＫ-2のレース中に日が差したのは一瞬の出来事で、気付けばまた小雨が降り始めていた。各県の待機場所であるテントは雨に濡れてテラテラと輝いている。岸で応援している関係者たちは皆傘を差しているため、地上は随分とカラフルだった。

「恵梨香と希衣先輩が一位で、本当に良かった。私ね、ずっと『頑張れー』って念を送ってたんだよ。二人共すっごくカッコよかった。最高だった！」

ＷＫ-2の決勝レースが終わった後から、舞奈は引き続き興奮状態だ。フォア艇でスタンバイ場所に移動している最中だというのに、舞奈は何度もパドルで水面を叩いた。それだけ喜んでくれたのだろう。

パドルを動かしながら、希衣はその時のことを回想する。

最初に陸《おか》に戻った恵梨香と希衣の前に弾丸のような勢いで現れたのは舞奈だった。ひしっと恵梨香に抱きついた舞奈の後に続き、千帆と富歌がやって来る。千帆の両目は赤かった。

「本当に、おめでとう」

そう噛み締めるように紡がれた千帆の言葉には、重みがあった。希衣は何も言わず、右手を差し出した。千帆が頷き、その手を握り返す。

「シャッターチャーンス！」

しんみりとした雰囲気を打破したのは、富歌のスマホの撮影音だった。雨で濡れたスマホの画面を何度も自身の服で拭《ぬぐ》いながら、富歌はニッと笑顔を浮かべる。

「良い写真が撮れたので後で送りますよ」

「土器さんの場合、写真ばっかり撮ってたんじゃないの？」

「まさかまさか。粉骨砕身粒粒辛苦、精一杯この目にレースを焼き付けさせていただきました」

「なんか大袈裟《おおげさ》だなぁ」

「ふふ。富歌ちゃんも一生懸命応援してくれてたよ」

千帆の言葉に、富歌は得意げに胸を張った。

「私にできることは応援だけですから。ＷＫ－４レースも頑張ってくださいよ」

「勿論《もちろん》」

希衣は力強く頷いた。

――そして、現在に至るというわけだ。四人はライフジャケットを装着し、大粒の雨が降る中、白色のフォア艇を漕いでいた。

「恵梨香ちゃん、疲れが溜まってない？　大丈夫？」

一番後ろの席に座る千帆が、一番前の恵梨香へと声を掛ける。

「このくらい平気です。それに、せっかく舞奈や天神先輩とも一緒に漕げるんです、少しくらい疲れていても関係ありません」

きっぱりと言い切る恵梨香に、希衣は胸の奥から愉快な気持ちが込み上げるのを感じた。緊張はなく、あるのは楽しみだけだ。

「期待してるよ、エース」

希衣がそう告げると、恵梨香は「任せてください」とパドルを振った。

様々な色をした九艇が、スタートラインに横並びになる。恵梨香は微動だにせずじっと前を向き、舞奈は大きく息を吸い込み、千帆は何度も深呼吸した。

希衣は、パドルをしっかりと握り締めた。ゴールは五〇〇メートル先。そこに至るまでの道程が、希衣たちの抱いた夢の舞台だ。

スタッフがピストルを構える。スピーカー越しに、その合図は高らかに響き渡った。

「Ready set go!」

エピローグ

オリンピックの観客席は、一介の高校生にはあまりに高価だった。親に強請《ねだ》ってチケットを買ってもらったのはいいが、受験勉強を頑張るという条件を達成できるかはちょっと怪しい。だが、それもこれも仕方ない。全《すべ》ては友達の為《ため》だ、と舞奈《まいな》は持ってきた応援幕を握り締める。

カヌースプリント。日本では未《いま》だにマイナー競技だが、欧州では人気の競技だ。ユニフォームを身に纏《まと》った選手の顔を、舞奈は一人ずつ目で追いかける。膝《ひざ》の上に置いているスマートフォンの画面では、ネット番組がレースの様子を生中継していた。

「舞奈ちゃん、ソワソワしすぎ」

隣に座る千帆《ちほ》が、そう言って可笑《おか》しそうに笑った。舞奈の一つ上の先輩である彼女は、製菓コースに通う大学一年生だ。

「でも、緊張するじゃないですか。友達が出るんですもん」

舞奈は唇を尖《とが》らせた。

「選手たちは舞奈ちゃんほど緊張してないと思うよ」

「そうかもしれないですけど、私は緊張するんです。世界大会はこれまでもありましたけど、オリンピックはみんなこれが初めてなんですよ？」

「確かに、友達がこんな大舞台に出ると思うとドキドキしちゃうよね。シングルに、ペアに、フォアでしょう？　こんなにいっぱいレースがあるとバテちゃわないか心配」

「そこらへんは大丈夫です。みんな強いですから」

胸を張って答える舞奈に、千帆が眩《まぶ》しそうに目を細めた。屋外にある観客席は、日差しを真っ向から浴びるためにかなり暑い。今年は金メダル候補の日本人選手がいることもあり、観客席ではちらほらと日の丸がはためいていた。

「あー、間に合った。危ない危ない」

聞こえた声の方へ顔を向けると、頬に日の丸を描いた檜原《ひのはら》が千帆の隣に腰掛けていた。その両腕は可愛《かわい》いのか可愛くないのか微妙なデザインのオリンピックグッズで溢《あふ》れている。

「檜原先生、そろそろ試合始まりますよ」

「そう思って急いで戻ってきたの。ほら、二人もいる？」

檜原が差し出して来たのは、五輪の黄と緑の部分がレンズになっているサングラスだった。

「もらっておきます」と受け取る舞奈の隣で、千帆は既に着用していた。周囲からは浮かれているようにしか見えないだろうが、今日ぐらいはいいだろう。なんせ、友人たちの晴れ舞台なのだから。

「そろそろＷＫ－１開始だよ」

舞奈のスマートフォンを覗《のぞ》き込み、千帆が頬を引き締めた。小さな液晶画面に浮かぶ、選手の名前と国旗のマーク。

――湧別《ゆうべつ》恵梨香《えりか》。

舞奈と同じながとろ高校カヌー部の三年生の名前がそこにはあった。

嬉《うれ》しくなり、舞奈は靴の中で足の指を軽く丸める。スマホのロック画面に表示を戻すと、去年鹿児島で行われたインターハイの時の写真が映し出された。笑顔の五人が掲げるトロフィーと賞状。そこには、一位という文字が燦然《さんぜん》と輝いている。

去年のインターハイで、ながとろ高校カヌー部はＷＫ－４で一位となった。千帆は涙し、恵梨香と舞奈は抱き合い、希衣《きえ》はとびっきりの笑顔を見せた。舞奈にとって、最高の思い出だ。

今年のながとろ高校カヌー部には新入部員の一年生が三人加わった。その内の一人は経験者で、部室は随分と賑《にぎ》やかだ。

「トイレめちゃ混みだったんですけど！」

「土器《どき》さんが道に迷うもんだから、俺まで遅れそうになったよ」

「迷ったんじゃないです。案内を見間違えたんです」

「どっちでも似たようなもんだと思うが？」

がやがやと賑やかな声に振り返ると、先ほどトイレに向かった富歌《とみか》と芦田《あしだ》が後ろの席にようやくたどり着いたところだった。

「土器さんも芦田さんも受け取って」と檜原が嬉々《きき》としてサングラスを二人に手渡している。

「ＷＫ－４の５００ｍ予選はいつでしたっけ？」

舞奈がスマホを見ていることに気付いたのか、富歌が覗き込むようにして問うてくる。

舞奈は日程スケジュールのページをスクロールした。

「まだまだ先。二日後だよ」

「フフ。きっと鶴見先輩、ソワソワしてるだろうな」

早速オリンピックサングラスを頭の上に掛けた富歌が楽しげに口端を吊《つ》り上げた。

舞奈はスマートフォンを操作すると、先ほど見ていた出場選手のページを開いた。利《と》根《ね》蘭子《らんこ》。湧別恵梨香。ＷＫ－２のペアの選手の紹介ページを下へスクロールすると、ＷＫ－４の日本代表選手の名前が掲載されている。

——鶴見《つるみ》希衣。

代表ユニフォームに身を包んだ希衣の顔写真が、恵梨香と同じ様に紹介されていた。彼女が出場するのはフォアで、大学生では希衣の他に大森椿《おおもりつばき》と神田《かんだ》優希《ゆうき》の名前もあった。

千帆が噛《か》み締めるようにしみじみと呟《つぶや》く。

「夢ってさ、本当に叶《かな》うんだね」

舞奈は会場全体を見渡した。多くの観客が水上に選手達が集まるのを今か今かと待ちわびている。

天気は快晴。水の状態は最高で、波の無い穏やかな水面に青空が映り込んでいる。その上を滑るようにして、真っ白なカヌー艇が競技場へと現れた。舞奈は膝の上にスマホを置くと、慌《あわ》てて応援幕を掲げ持つ。日の丸の描かれた布に寄せ書きをした、スペシャルなものだった。

「頑張れー！」

舞奈の声援が大歓声に混じって響く。青天の下、日差しを浴びた日の丸が、誇らしげに輝いていた。

参考文献

厚生労働省ＨＰ
https://www.mhlw.go.jp/stf/seisakunitsuite/bunya/0000130677.html

監修　江盛咲子さん（一般社団法人カヌーホーム）

協力　尾野藤直樹さん（一般社団法人カヌーホーム）
　　　同志社大学体育会カヌー部の皆さん
　　　會田浩二先生
　　　佐々木舞さん
　　　荒井里奈さん
　　　日本カヌー連盟

この作品はｗｅｂマガジン「yom yom」で二〇二二年十月から二〇二三年一月まで連載されたのち、新潮文庫ｎｅｘにおさめられた。

魔術はささやく

宮部みゆき著

日本推理サスペンス大賞受賞

それぞれ無関係に見えた三つの死。さらに魔の手は四人めに伸びていた。しかし知らず知らず事件の真相に迫っていく少年がいた。

レベル7《セブン》

宮部みゆき著

レベル7まで行ったら戻れない。謎の言葉を残して失踪した少女を探すカウンセラーと記憶を失った男女の追跡行は……緊迫の四日間。

返事はいらない

宮部みゆき著

失恋から犯罪の片棒を担ぐにいたる微妙な女性心理を描く表題作など6編。日々の生活と幻想が交錯する東京の街と人を描く短編集。

龍は眠る

宮部みゆき著

日本推理作家協会賞受賞

雑誌記者の高坂は嵐の晩に、超常能力者と名乗る少年、慎司と出会った。それが全ての始まりだったのだ。やがて高坂の周囲に……。

本所深川ふしぎ草紙

宮部みゆき著

吉川英治文学新人賞受賞

深川七不思議を題材に、下町の人情の機微とささやかな日々の哀歓をミステリー仕立てで描く七編。宮部みゆきワールド時代小説篇。

かまいたち

宮部みゆき著

夜な夜な出没して江戸を恐怖に陥れる辻斬り〝かまいたち〟の正体に迫る町娘。サスペンス満点の表題作はじめ四編収録の時代短編集。

伊坂幸太郎著

オーデュボンの祈り

卓越したイメージ喚起力、洒脱な会話、気の利いた警句、抑えようのない才気がほとばしる！　伝説のデビュー作、待望の文庫化！

伊坂幸太郎著

ラッシュライフ

未来を決めるのは、神の恩寵か、偶然の連鎖か。リンクして並走する4つの人生にバラバラ死体が乱入。巧緻な騙し絵のごとき物語。

伊坂幸太郎著

重力ピエロ

ルールは越えられるか、世界は変えられるか。未知の感動をたたえて、発表時より読書界を圧倒した記念碑的名作、待望の文庫化！

伊坂幸太郎著

フィッシュストーリー

売れないロックバンドの叫びが、時空を超えて奇蹟を呼ぶ。緻密な仕掛け、爽快なエンディング。伊坂マジック冴え渡る中篇4連打。

伊坂幸太郎著

砂漠

未熟さに悩み、過剰さを持て余し、それでも何かを求め、手探りで進もうとする青春時代。二度とない季節の光と闇を描く長編小説。

伊坂幸太郎著

ゴールデンスランバー

山本周五郎賞受賞
本屋大賞受賞

俺は犯人じゃない！　首相暗殺の濡れ衣をきせられ、巨大な陰謀に包囲された男。必死の逃走。スリル炸裂超弩級エンタテインメント。

上橋菜穂子著

狐笛のかなた

野間児童文芸賞受賞

不思議な力を持つ少女・小夜と、霊狐・野火。森陰屋敷に閉じ込められた少年・小春丸をめぐり、孤独で健気な二人の愛が燃え上がる。

上橋菜穂子著

精霊の守り人

野間児童文芸新人賞受賞
産経児童出版文化賞受賞

精霊に卵を産み付けられた皇子チャグム。女用心棒バルサは、体を張って皇子を守る。数多くの受賞歴を誇る、痛快で新しい冒険物語。

上橋菜穂子著

闇の守り人

日本児童文学者協会賞・
路傍の石文学賞受賞

25年ぶりに生まれ故郷に戻った女用心棒バルサを、闇の底で迎えたものとは。壮大なスケールで語られる魂の物語。シリーズ第2弾。

上橋菜穂子著

夢の守り人

路傍の石文学賞・
巌谷小波文芸賞受賞

女用心棒バルサは、人鬼と化したタンダの魂を取り戻そうと命を懸ける。そして今明かされる、大呪術師トロガイの秘められた過去。

上橋菜穂子著

虚空の旅人

新王即位の儀に招かれ、隣国を訪れたチャグムたちを待つ陰謀。漂海民や国政を操る女たちが織り成す壮大なドラマ。シリーズ第4弾。

上橋菜穂子著

神の守り人

（上 来訪編・下 帰還編）

小学館児童出版文化賞受賞

バルサが市場で救った美少女は、〈畏ろしき神〉を招く力を持っていた。彼女は〈神の子〉か？ それとも〈災いの子〉なのか？

知念実希人著

天久鷹央の推理カルテ

お前の病気《ナゾ》、私が診断してやろう――。河童、人魂、処女受胎。そんな事件に隠された〝病〟とは？　新感覚メディカル・ミステリー。

知念実希人著

スフィアの死天使
―天久鷹央の事件カルテ―

院内の殺人。謎の宗教。宇宙人による「洗脳」。天才女医・天久鷹央が〝病〟に潜む〝謎〟を解明する長編メディカル・ミステリー！

知念実希人著

幻影の手術室
―天久鷹央の事件カルテ―

手術室で起きた密室殺人。麻酔科医はなぜ、死んだのか。天久鷹央は全容解明に乗り出すが……。現役医師による本格医療ミステリ。

知念実希人著

甦る殺人者
―天久鷹央の事件カルテ―

容疑者は四年前に死んだ男。これは死者の復活か、真犯人のトリックか。若い女性を標的にした連続絞殺事件に、天才女医が挑む。

知念実希人著

火焔の凶器
―天久鷹央の事件カルテ―

平安時代の陰陽師の墓を調査した大学准教授が、不審な死を遂げた。殺人か。呪いか。人体発火現象の謎を、天才女医が解き明かす。

知念実希人著

魔弾の射手
―天久鷹央の事件カルテ―

廃病院の屋上から転落死した看護師。死体に全く痕跡が残らない〝魔弾〟の正体とは？　天才女医・天久鷹央が挑む不可能犯罪の謎！

七月隆文著　ケーキ王子の名推理《スペシャリテ》

ドSのパティシエ男子&ケーキ大好き失恋女子が、他人の恋やトラブルもお菓子の知識で鮮やか解決！　胸きゅん青春スペシャリテ。

七月隆文著　ケーキ王子の名推理《スペシャリテ》2

未羽は愛するケーキのお店でアルバイト開始。そこにオーナーの過去を知る謎の美女が現れて……。大ヒット胸きゅん小説待望の第2弾。

七月隆文著　ケーキ王子の名推理《スペシャリテ》3

修学旅行にパティシエ全国大会。ライバル登場で恋が動き出す予感!?　ケーキを愛する高校生たちの甘く熱い青春スペシャリテ第3弾。

七月隆文著　ケーキ王子の名推理《スペシャリテ》4

パリ旅行に文化祭――そして、ついに告白!?夢に恋に悩むとき、甘～いケーキは救世主。世界に一つだけの青春スペシャリテ第4弾。

七月隆文著　ケーキ王子の名推理《スペシャリテ》5

祝♡カップル成立！　初デートにコスプレハロウィンパーティー、看病イベントも発生!?胸きゅんが溢れ出る新章「恋人編」始動!!

七月隆文著　ケーキ王子の名推理《スペシャリテ》6

颯人は世界一の夢に向かい国際コンクール代表選に出場。未羽にも思いがけない転機が訪れ……尊い二人の青春スペシャリテ第6弾。

河野裕著
いなくなれ、群青

11月19日午前6時42分、僕は彼女に再会した。あるはずのない出会いが平坦な高校生活を一変させる。心を穿つ新時代の青春ミステリ。

河野裕著
その白さえ嘘だとしても

クリスマスイヴ、階段島を事件が襲う――。そして明かされる驚愕の真実。『いなくなれ、群青』に続く、心を穿つ青春ミステリ。

河野裕著
汚れた赤を恋と呼ぶんだ

なぜ、七草と真辺は「大事なもの」を捨てたのか。現実世界における事件の真相が、いま明かされる。心を穿つ青春ミステリ、第3弾。

河野裕著
凶器は壊れた黒の叫び

柏原第二高校に転校してきた安達。真辺由宇と接触した彼女は、次第に堀を追い詰めていく……。心を穿つ青春ミステリ、第4弾。

河野裕著
夜空の呪いに色はない

郵便配達人・時任は、今の生活を気に入っていた。だが、階段島の環境の変化が彼女に決断を迫る。心を穿つ青春ミステリ、第5弾。

河野裕著
きみの世界に、青が鳴る

これは僕と彼女の物語だ。だから選ばなければいけない。成長するとは、大人になるとは、何なのかを。心を穿つ青春ミステリ、完結。

小野不由美著

魔性の子
—十二国記—

孤立する少年の周りで相次ぐ事故は、何かの前ぶれなのか。更なる惨劇の果てに明かされるものとは——「十二国記」への戦慄の序章。

小野不由美著

月の影 影の海（上・下）
—十二国記—

平凡な女子高生の日々は、見知らぬ異界へと連れ去られ一変した。苦難の旅を経て「生」への信念が迸る、シリーズ本編の幕開け。

小野不由美著

風の海 迷宮の岸
—十二国記—

神獣の麒麟が王を選ぶ十二国。幼い戴国《たいこく》の麒麟は、正しい王を玉座に据えることができるのか——『魔性の子』の謎が解き明かされる！

小野不由美著

風の万里 黎明の空（上・下）
—十二国記—

陽子は、慶国の玉座に就きながら役割を果たせず苦悩する。二人の少女もまた、泣いていた。いま、希望に向かい旅立つのだが——。

小野不由美著

丕《ひ》緒《しょ》の鳥
—十二国記—

書下ろし2編を含む12年ぶり待望の短編集！希望を信じ、己の役割を全うする覚悟を決めた名も無き男たちの生き様を描く4編を収録。

小野不由美著

図南の翼
—十二国記—

「この国を統べるのは、あたししかいない！」——先王が斃れて27年、王不在で荒廃する国を憂えて、わずか12歳の少女が王を目指す。

イラスト　おとないちあき
デザイン　川谷康久（川谷デザイン）

君《きみ》と漕《こ》ぐ 5
ながとろ高校カヌー部の未来

新潮文庫　た－126－5

令和五年三月一日発行

著者　武《たけ》田《だ》綾《あや》乃《の》
発行者　佐藤隆信
発行所　株式会社新潮社
郵便番号　一六二—八七一一
東京都新宿区矢来町七一
電話　編集部（〇三）三二六六—五四四〇
読者係（〇三）三二六六—五一一一
https://www.shinchosha.co.jp

価格はカバーに表示してあります。
乱丁・落丁本は、ご面倒ですが小社読者係宛ご送付ください。送料小社負担にてお取替えいたします。

印刷・錦明印刷株式会社　製本・錦明印刷株式会社

ISBN978-4-10-180260-2 C0193